novum pro

AF165389

Erika Normac

Unartige Geschichten

novum pro

www.novumverlag.com

Bibliografische Information der Deutschen Nationalbibliothek:	© 2020 novum Verlag
Die Deutsche Nationalbibliothek verzeichnet diese Publikation in der Deutschen Nationalbibliografie. Detaillierte bibliografische Daten sind im Internet über http://www.d-nb.de abrufbar.	2. Auflage ISBN 978-3-99107-153-2 Lektorat: Isabella Busch Umschlagfotos: Sergey Ishkov, Majcce26 | Dreamstime.com Umschlaggestaltung, Layout & Satz: novum Verlag
Alle Rechte der Verbreitung, auch durch Film, Funk und Fernsehen, fotomechanische Wiedergabe, Tonträger, elektronische Datenträger und auszugsweisen Nachdruck, sind vorbehalten.	Gedruckt in der Europäischen Union auf umweltfreundlichem, chlor- und säurefrei gebleichtem Papier. **www.novumverlag.com**

U. M.: Liebe meines Lebens und Inspiration
Tanja: beste Freundin für immer, eine Seele zwei Körper
Sandra: ohne die ich das Manuskript nie abgeschickt hätte

Geschichte Nr. 1

Als er nach Hause kommt ist alles dunkel, wo ist seine Frau, warum brennt nirgends eine Lampe? Kaum hatte er das gedacht, legt sich ein Band um seine Augen und eine Stimme flüstert: „Genieß es einfach und lass es geschehen."

Er riecht ihr Parfum und merkt, wie sie das Band an seinem Hinterkopf zuknotet. Dann wird er ins Wohnzimmer geführt. Sie beginnt ihn langsam auszuziehen, sie lässt sich sehr viel Zeit und das steigert seine Lust. Als er dann ganz nackt da steht, ragt sein Schwanz wie eine Wünschelrute von ihm ab und zuckt bei jeder Berührung von ihr. Er merkt, dass sie etwas über seine Wünschelrute stülpt und bis zum Schaft zieht, ein Penisring damit sein Lustkolben auch schön steif und artig bleibt. Dann wird er zum Sofa geführt und hingesetzt. Kaum sitzt er, wird etwas Flüssiges über seinen Schwanz gegossen und sofort stülpt sich ihr Mund über seinen Penis. Sie schmatzt und leckt an ihm, es ist ein Genuss für ihn. Dann ist sie plötzlich an seinem Mund und küsst ihn, da merkt er, dass sie flüssige Schokolade über seinen Schwanz gegossen hatte und nun darf er auch ein wenig davon schmecken.

Sie setzt sich rittlings auf den Schokoladenschwanz und beginnt ganz langsam zu reiten. Während sie sich so gemächlich auf seinem Schwanz auf und ab bewegt, hält sie ihm einen ihrer Nippel vor den Mund, damit er daran lutschen und saugen kann. Immer heftiger werden ihre Bewegungen und er genießt den Ritt genauso wie sie auch. Als sie merkt, dass er kurz davor ist abzuspritzen, steigt sie von ihrem Ross herunter und nimmt ihm die Augenbinde ab. Nur in High Heels und Strapsen steht sie vor ihm. Sie zieht ihn hoch und setzt sich nun selber auf das Sofa. Spreizt ihre Beine ganz weit und verteilt Schokoladensoße über ihren Bauch bis in ihre Lustgrotte. Jetzt ist es an ihm, sie sauber zu lecken und das macht er nur allzu gerne. Er spreizt ihre Beine noch weiter und beginnt sie mit seiner Zunge sauber zu lecken. Anscheinend macht er es sehr gut, denn sie stöhnt und keucht und ihr Mösensaft vermischt sich mit der Schokolade. Als er es vor lauter Geilheit nicht länger aushält, stößt er ihr seinen Schwanz tief in die Schokosoßenmuschi und vögelt sie, bis sich auch noch sein Sperma zur Schokosoße gesellt.

So nach zu Hause kommen, daran könnte ich mich gewöhnen, denkt er sich und küsst sie zum Dank …

Geschichte Nr. 2

Ausgerechnet an einem Sonntag muss ihm dieses Missgeschick passieren, aber zum Glück ist der Arzt, der heute Notfalldienst hat, ganz in der Nähe und so kann er gut zu Fuß dorthin.
    Eine nette Sprechstundenhilfe erwartet ihn und führt ihn direkt in den Behandlungsraum. „Frau Doktor kommt gleich", sagt sie und schon ist die Tür zu. Oh nein, kein Arzt, sondern eine Ärztin und bei dem Gedanken wird er schon ein wenig verlegen. Nach kurzer Zeit öffnet sich die Tür erneut und er sieht eine sehr attraktive, vollbusige brünette Ärztin auf sich zukommen. Sie setzt sich ihm gegenüber und fragt ihn nach seinem Problem.
    Verlegen schaut er auf seine weite Jogginghose und sagt etwas kleinlaut: „Ja, also da heute so schönes und warmes Wetter ist, dacht ich mir, ich lass mal die Sonne meine Haut verwöhnen und hab mich dummerweise ganz nackt auf den Liegestuhl gelegt. Ich bin wohl kurz eingedöst, als ein stechender Schmerz mich aufgeweckt hat. „Wo war denn der Schmerz?", fragt sie nach. Da wird er doch leicht rot und erwidert: „An meinem besten Stück und nun ist er ziemlich angeschwollen und es schmerzt sehr." Sie kann sich ein leichtes Schmunzeln nicht verkneifen und sagt: „Ja, dann legen Sie sich mal auf den Behandlungstisch und das ohne Ihre Hose."
    Nun liegt er also vor dieser schönen Frau mit einem Schwanz, der ziemlich dick angeschwollen ist und wie eine Tomate leuchtet. „Ich muss mir das genau anschauen", meint sie und schon hat sie seinen Lustkolben in der Hand und untersucht ihn ganz genau. „Ah, da ist ja noch der Stachel drin, der muss entfernt werden." Sie nimmt eine Pinzette zur Hand und entfernt den Stachel ganz sanft. „Ich gebe Ihnen eine kühlende Salbe mit, damit die Schwellung rasch zurückgeht, werde sie aber hier schon mal anwenden." Sie nimmt seinen Schwanz in die Hand und mit der

anderen verteilt sie die kühlende Salbe auf ihm. Sanft massiert sie die Salbe ein und merkt augenblicklich, dass dieses Prachtstück auf ihre Massage reagiert und immer härter wird. Er schämt sich dafür und schließt die Augen, damit sie nicht sieht, wie gut ihm das eigentlich gefällt. „Ich denke, ich behandle Ihre Hoden vorsorglich auch noch mit der Salbe, nicht dass die auch noch anschwellen." Und schon massiert sie mit beiden Händen seine prall gefüllten Eier. Ein Lustlaut kommt über seine Lippen und sein geschwollener Lustkolben ragt wie eine Eins in die Luft. So behandelt wurde er noch nie. „Sie massieren aber sehr sanft und erregend", meint er zu ihr, „da würd ich mich gerne revanchieren." „Ja, wie wollen Sie das denn machen?" Da richtet er sich auf, zieht sie zu sich öffnet ihren Kittel und sofort sind seine Hände auf ihren großen, sehr geilen Titten und er massiert diese zwei Euter mit Wonne. „Das gefällt mir nicht schlecht", sagt sie leise in sein Ohr, während ihre Hände immer noch seine Eier massieren. „Ich wüsste da noch vieles, das dir gefallen könnte, das kann ich dir aber erst zeigen, wenn mein Schwanz wieder fit ist." „Dann schlag ich doch vor, ich komme heute Abend auf einen Hausbesuch bei dir vorbei, um zu sehen, wie es meinem Patienten so geht, weil ich denke, bis dann ist die Schwellung sicher schon stark zurückgegangen und wir lassen dieses schöne Fickinstrument auf eine andere Weise anschwellen. Mit einem heißen Kuss besiegeln sie diese Abmachung. Sie gibt ihm die Salbe mit, mit der Bitte, jede halbe Stunde einzucremen. „Dann klappt das auch und ich werde dann am Abend nachschauen, wie es meinem Patienten geht …"

Geschichte Nr. 3

Sie genießt es, wenn sie fast alleine ihre Bahnen im Schwimmbecken ziehen kann, darum geht sie immer erst eine Stunde, bevor das Bad schließt, zum Schwimmen. Doch so alleine wie heute war sie noch nie. Diese Ruhe empfindet sie als sehr wohltuend und so krault sie mit langen Zügen durchs Wasser. Nach einer Stunde stellt sie sich unter die Dusche und genießt die prasselnden Wasserstrahlen auf ihrem Körper. Als sie sich gerade das Shampoo aus den Haaren spült, wird es plötzlich ganz dunkel. „Hallo, ist da jemand? Ich bin jedenfalls noch hier und möchte gerne zu Ende duschen!"

Da hört sie ein Lachen und das Licht geht wieder an, kurz darauf erscheint der gut aussehende Bademeister, der ihr schon von Anfang an aufgefallen war. „Ja, wen haben wir denn da? Ich dachte, es ist niemand mehr da und ich hab mal ein wenig früher Feierabend. Aber wenn ich schon mal da bin, soll ich dir deinen Rücken einseifen?" „Also wenn du das unbedingt möchtest, dann tu dir keinen Zwang", an kontert sie. Das lässt er sich nicht zweimal sagen, er schnappt sich das Duschgel und beginnt sofort ihren Rücken einzuseifen. „Dein Oberteil stört ein wenig beim Einseifen, ich denke es ist besser, ich entferne dieses lästige Teil mal." Bevor sie etwas entgegnen konnte, liegt ihr Oberteil auch schon auf den Fliesen. Schon sind seine Hände nicht mehr nur auf ihrem Rücken, sondern umfassen sanft ihre festen Titten und beginnen sie zu massieren. Ihre Nippel stellen sich sofort auf und werden hart und ein Stöhnen entweicht ihren Lippen. Er massiert sanft weiter und zwirbelt ihre harten Nippel immer mehr. Sie genießt diese Liebkosung sehr und lehnt sich unbewusst an ihn, um sich voll und ganz auf seine Handfertigkeit konzentrieren kann. Als sie sich so an ihn lehnt, merkt sie, dass etwas Hartes gegen ihren Po drückt, er steht tatsächlich nackt hinter ihr und das erregt sie sofort. Der Gedanke, dass dieser gut aussehende Mann nackt hinter ihr steht und derweil ihre Titten massiert lässt ihre Möse sehr schnell feucht werden. Sie greift nach hinten und schon umfasst ihre Hand seinen großen, harten Schwengel und beginnt ihn ihrerseits zu massieren. Beide heizen sich gegenseitig so mit ihren Massagen auf, dass es nicht lange dauert und er sie abrupt umdreht, an die Duschwand stellt ihre Bikinihose zur Seite schiebt und sofort von hinten in ihre nasse Spalte eindringt und sie heftig durchvögelt. Beide explodieren fast gleichzeitig in einem heftigen Orgasmus.

Nach einer kleinen Pause nimmt er sie an die Hand und sagt: „Lass uns ein Entspannungsbad nehmen." Er führt sie zum Schwimmbecken und beide steigen ins kühlende Wasser. Er hebt sie wieder aus dem Becken und setzt sie auf den Rand des Beckens, spreizt ihre Beine und beginnt sacht mit seiner Zunge ihre rosige Haut in der feuchten Möse zu lecken. Sofort ist ihre Geilheit wieder da. Sie zieht mit ihren Händen ihre Muschi auseinander damit er mit seiner Zunge noch tiefer in ihre Lustgrotte eintauchen kann. Sie stöhnt laut und drückt ihm ihre Möse tief ins Gesicht. Er nimmt zuerst einen Finger und beginnt nun sie zu fingern. „Mehr, gib mir mehr!", stöhnt sie und schon ist ein zweiter und bald ein dritter Finger in ihr. „Du bist ganz schön versaut, junge Dame", raunt er ihr zu und hebt sie nun vom Beckenrand hinunter direkt auf seinen hoch aufgestellten Lustkolben. Er spießt sie förmlich auf und dann beginnt ein wilder Unterwasserritt. Beide genießen ihre Geilheit und vögeln heftig, bis zuerst sie und kurz darauf er beide explodiert.

Er schaut sie an und sagt: „Lass uns nun zusammen duschen. Ich helfe dir danach gerne beim Abtrocknen …"

Geschichte Nr. 4

„Bin ja mal gespannt, wie viele wir heute behandeln müssen", sagt Corinne zu ihrer Kollegin. „Bestimmt mindestens 20", fügt sie noch an. „Oh, ich halte dagegen", sagt ihre Kollegin, „bei dem Wetter heute werden es bestimmt mehr." Kaum gesagt, steht auch schon der erste Spieler diese Fußballturniers bei ihnen im Behandlungszimmer, und nach ihm geben sich die Spieler fast die Klinke in die Hand. Kurz vor dem Schichtwechsel humpelt einer rein, der anscheinend einen heftigen Tritt auf den Fuß bekommen hat. Corinne schaut sich das Ganze an und rät ihm dann, den Fuß gut zu kühlen damit die Schwellung zurückgehen kann.

„Ja, dann werde ich das wohl so machen, obwohl ich mich doch lieber von dir behandeln lassen würde." Lachend humpelt er davon und zwinkert Corinne zu.

Ja, dann werde ich jetzt auch Feierabend machen und mir etwas Kühles gönnen, denkt sie Als sie sich an einen Tisch setzen will, der etwas abseits des ganzen Trubels stand, hört sie ein lautes: „Ja hallo, dann werden Sie mich jetzt doch noch verarzten?" Sie sieht ihren letzten „Kunden" am Tisch sitzen, an den sie sich auch eben hinsetzen wollte. Schon hält er ihr seinen Fuß entgegen und sagt: „Es tut immer noch schrecklich weh, aber ich denke, wenn Sie sich um den Fuß kümmern, werden die Schmerzen ganz schnell weg sein."

„Soso, das denken Sie also", lacht Corinne und setzt sich zu ihm an den Tisch. „Dann zeigen Sie mal." Sanft nimmt sie den Fuß in die Hand und drückt ganz behutsam und fragt, ob das wehtut. Als er ihr nach dem dritten Fragen immer noch keine Antwort gibt, schaut sie hoch und sieht, dass er sie einfach nur anschaut und kein Wort über die Lippen bringt.

„So hab ich aber noch nie einen Mann sprachlos gemacht", sagt Corinne lachend zu ihm. „Und ich wurde noch nie so sanft am Fuß abgetastet", antwortet er und schaut sie immer noch fasziniert an. Da wird Corinne doch etwas verlegen und möchte gehen. Doch er packt sie an der Hand und fragt sie: „Kannst du mich nach Hause fahren? Ich denke, mit dem Fuß sollte ich nicht mehr Auto fahren. Da sie eine gute Samariterin ist, willigt sie ein und schon kurz darauf sitzen sie in ihrem Auto. Sie merkt, dass er sie die ganze Zeit von der Seite anschaut und das macht sie nervös und gleichzeitig beginnt es in ihrem Schoß zu kribbeln und sie merkt, dass sie langsam feucht wird. Plötzlich legt er seine Hand auf ihren Schenkel und schiebt ihr Kleid hoch, sodass er mit einem Finger rasch zu ihrem Höschen vordringen kann und es zur Seite schiebt. Schon taucht sein Finger in ihre Spalte und erfreut stellt er fest, dass sie schon sehr bereit ist. Corinne beißt sich währenddessen auf die Lippen und will ihm nicht zeigen, dass ihr seine Berührung gefällt. Sie steuert das Auto sicher bis zu seinem Haus, da fragt er sie: „Kannst du mich noch hineinbegleiten, ich trau mich noch nicht mit dem Fuß aufzutreten." Kaum sind sie im Haus, da nimmt er sie in den Arm und küsst sie stürmisch auf den Mund, während seine eine Hand wieder ihre Spalte sucht und sie zu massieren beginnt. Bereitwillig spreizt sie ihre Beine, damit er sie besser massieren und hin und wieder einen Finger in sie hineinstecken kann. Als er sie so richtig heiß gefingert hat, meint sie: „Stehen ist nicht so gut für deinen Fuß, du solltest dich hinsetzen. Zusammen gehen sie in sein Wohnzimmer und bevor er sich hinsetzen kann, öffnet sie seine Hose und zieht sie herunter. In seiner Unterhose zeichnet sich ein schon harter Schwanz ab. Auch seine Unterhose wird rasch heruntergezogen und sein herrlicher Schwanz springt in die Höhe und wippt leicht nach. Keck schubst sie ihn auf das Sofa und kniet sich sofort zwischen seine Beine und beginnt seinen harten Riemen zu lutschen und saugen. Hin und wieder nimmt sie eins seiner Eier ganz in den Mund und saugt daran. Er beginnt zu stöhnen und als sie seinen Schwanz wieder im Mund hat, drückt er ihren Kopf tief hinunter, sodass sie zu würgen beginnt. „Du bist so ein versautes Luder, machst auf anständig, dabei bist du so was von versaut, das gefällt mir. Los,

setz dich auf meinen Zauberstab und reite mich, du geile Fotze."
Dass er so mit ihr redet, macht sie an und sie setzt sich breitbeinig auf seinen Zauberstab und hält ihm ihre Titten vors Gesicht damit er ihre Nippel lecken kann. Sie bewegt sich zuerst ganz langsam und dann immer schneller. Beide genießen diesen heißen und geilen Ritt und fast gleichzeitig kommen sie zum Höhepunkt. Erschöpft liegen sie sich danach eine Zeit lang in den Armen, da hebt er den Kopf und meint: „Ich denke, wenn du bei mir übernachten würdest, könntest du morgen früh gleich nachschauen, wie es meinem Fuß geht und vielleicht brauch ich ja auch etwas Ablenkung in der Nacht, sollten die Schmerzen stärker werden …"

Geschichte Nr. 5

Das Essen hat hervorragend geschmeckt und danach die Zigarre im Fumoir ebenso. Es war ein angenehmer und gemütlicher Abend mit seinen Kumpels gewesen und nun genießt er ganz alleine noch die angenehme Brise hier vor dem Hotel und schaut aufs dunkle Meer hinaus. Er schließt seine Augen und dreht zwischen seinen Fingern eine noch nicht gerauchte Zigarre.

Als er die Augen wieder öffnet, steht sie vor ihm. Er hat nicht gehört, dass sich ihm jemand genähert hat, aber was er sieht, erfreut sein Herz. Lange Haare bis fast zum Bauchnabel, eine Figur zum Niederknien und ihre Titten sind genauso, wie er es mag, schön groß. Sie zwinkert ihm zu und fragt, ob sie sich ein wenig zu ihm setzen und mit ihm die Ruhe genießen dürfte. Natürlich hat er nichts dagegen und so sitzen sie eine ganze Weile schweigend nebeneinander und betrachten den Sternenhimmel. Plötzlich sagt sie zu ihm: „Ich heiße übrigens Joy." „Freut mich, Joy, mein Name ist Kai." Sie fragt ihn, warum er nur mit der Zigarre spielt und sie nicht raucht. Er erklärt ihr, dass er bereits eine geraucht hat und nun einfach noch den Abend ausklingen lassen wollte.

Er sieht, wie sie lächelt, und sagt: „Weißt du, was ich schon immer mal mit einer Zigarre ausprobieren wollte?? Ich möchte wissen, ob es wirklich geht, das was Bill Clinton mit der Monica gemacht hat. Könntest du mir das zeigen?"

Und schon sitzt sie vor ihm und spreizt ihre Beine auseinander und er sieht direkt auf ihre glatt rasierte Möse. Er schmunzelt, lässt sich aber nicht zweimal bitten und kniet sich vor sie hin und beginnt mit der Zigarre durch ihre Spalte zu fahren. Es dauert gar nicht lange und er merkt, wie ihre Möse immer nasser wird und sie leicht zu stöhnen anfängt. Ohne eine Vorwarnung steckt er urplötzlich die Zigarre tief in ihre Möse, sodass sie fast verschwindet. Sie schreit ein wenig auf und spreizt die Beine noch weiter auseinander. Er fickt sie mit der Zigarre und sie genießt das mit geschlossenen Augen.

Nun will auch er etwas von der ganzen Sache haben, zieht die Zigarre aus der nassen Grotte steckt sie zwischen ihre geilen Titten in den Ausschnitt, packt seinen Knüppel aus und hält ihn ihr vor die Nase und sagt: „Da musst du mal daran lecken, sicher schmeckt dir der besser als eine Zigarre."

Sie leckt und lutscht an dem wundervollen dicken Schwanz bis er noch größer und härter wird. „Dann schau mal, ob der auch so gut in meine Grotte passt wie deine Zigarre", sagt sie keck zu ihm. Das lässt er sich nicht zweimal sagen, drückt sie auf die Knie und stößt ihr von hinten seinen Lustkolben tief in ihre Möse rein. Es dauert nicht lange und er kommt mit einem gewaltigen Orgasmus und schießt seine gesamte Ladung in ihre Lustgrotte hinein.

Sie dreht sich um, schaut ihn an und sagt: „Ich denke, wir sollten uns den Sand wegduschen und ich werde mich sehr ausgiebig um die Reinigung deines wundervollen Schwanzes kümmern, weil ich hab noch lange nicht genug von dir, also lass uns auf dein Zimmer gehen …"

Geschichte Nr. 6

Das ist genau so, wie ich es mir vorgestellt hatte, einfach abschalten und die wunderbare Landschaft genießen und die frische Luft einatmen. So eine Auszeit ist im Moment genau das Richtige.

Von Weitem sieht er schon die kleine Hütte, wo er heute übernachten will. Eine junge Frau in einem etwas sehr kurzen Kleid öffnet ihm die Tür, nachdem er angeklopft hatte. „Wie ich dem Reiseführer entnehmen kann, ist hier eine Übernachtungsmöglichkeit für müde Wanderer?", fragt er vorsichtig. „Aber ja natürlich, kommen Sie herein, ich zeig Ihnen das Zimmer." Es ist nicht groß, aber gemütlich und Hauptsache ich kann hier gut schlafen, denkt er sich. „Wenn Sie wollen, kann ich Ihnen ein Abendessen machen", sagt die hübsche junge Dame zu ihm. Bis jetzt hat er sie noch nicht richtig angeschaut, aber was er sieht, gefällt ihm sehr. Lange Haare, schlanke Figur und ihre Titten gefallen ihm auch sehr, so wie er es mag, eine Handvoll, die schön in seiner Hand liegen, wenn er sie knetet.

Wenn sie mich heute Nacht besuchen würde, ich würde nicht Nein sagen, denkt er sich so und schon regt sich sein kleiner Freund in der Hose. Als hätte sie seine Gedanken gelesen, stellt sie ihm sein Getränk so hin, dass er tief in ihren Ausschnitt schauen kann und er sieht, dass sie keinen BH trägt. Kann es sein, dass sie vielleicht auch kein Höschen trägt, fragt er sich und schon zuckt es wieder in seiner Hose und das ist ihr anscheinend nicht verborgen geblieben. Sie tut so, als wäre ihr etwas zu Boden gefallen und wie zufälligerweise streift ihre Hand dabei seine Ausbeulung in der Hose. Du kleines Luder, denkt er sich und schon packt er ihren Arm und zieht sie hoch auf seinen Schoß und drückt ihr einen harten Kuss auf ihre Lippen, während seine eine Hand schon den Weg unter ihren kurzen Rock sucht und das vorfindet, was er vermutet hatte: Sie trägt kein Höschen und eine glatt rasierte, schon sehr nasse Spalte wartet darauf, von ihm gevögelt zu werden. Seine Finger massieren ihre Spalte und ihren Kitzler und sie stöhnt, während die Küsse immer intensiver werden.

Plötzlich hebt er sie hoch und setzt sie auf den Tisch, spreizt ihre Beine und sein Kopf verschwindet sofort in dem herrlichen Dreieck und beginnt sie genüsslich zu lecken, wobei seine Finger auch hin und wieder in feuchten Liebesgrotte verschwinden. Sie stöhnt immer heftiger und wirft ihren Kopf nach hinten, da sie anscheinend diese Art verwöhnt zu werden sehr genießt und dabei immer geiler wird. Sie spürt, wie die erste heiße Welle über sie kommt und damit sie es auch ganz auskosten kann, drückt sie seinen Kopf fest an ihre Muschi. Schnell entledigt er sich seiner Hose, setzt sich auf seinen Stuhl und sagt: „Du kleine Wildkatze, komm, setz dich auf meinen Schoß und zeig mir, wie du meinen Knüppel reiten wirst." Sofort setzt sie sich rückwärts auf seinen Schoß und lässt seinen harten Riemen ganz langsam in sich eindringen. Währenddessen zieht er ihr das T-Shirt aus und nimmt ihre harten und festen Titten in die Hand, um beide zu massieren. Ihr Ritt wird immer wilder und da er ihre Nippel nun bearbeitet und so keine Hand für ihre Spalte frei hat, beginnt sie sich selber zu massieren während sie auf diesem herrlichen Schwanz reitet. Es dauert nicht lange und sie erreicht einen weiteren starken Orgasmus. „So, du kleine Fickerin, nun zeig ich dir mal, wie ich meinen Schwanz stoßen kann." Er hebt sie von seinem Schoß herunter und stellt sie an den Tisch, beugt ihren Oberkörper auf die Tischplatte und schon verschwindet sein harter Riemen in ihrer versauten engen Möse. Er stößt hart und tief in sie hinein, sodass sie bei jedem Stoß geil aufstöhnt und um mehr bettelt. „Du willst mehr, du geile Schlampe?", fragt er sie. „Dann geb ich dir mehr." Und schon drückt er sein hartes Rohr in ihren Arsch. Mein Gott, ist die eng, denkt er sich und vögelt sie hart abwechselnd in ihre Möse und ihren Arsch. Als er merkt, dass er bald explodieren wird, dreht er sie um, drückt sie auf die Knie und wichst ihr seinen heißen frischen Saft mitten ins Gesicht.

„Du kleine geile Schlampe", sagt er zu ihr, „empfängst du jeden Wanderer so?" „Nein, nicht wirklich", meint sie, „aber du bist heiß und ich wollte dich spüren." „Dann zeig mir mal deine Dusche und ich verspreche dir, da wirst du mich ganz sicher gleich noch einmal spüren …"

Geschichte Nr. 7

„Das wird meine erste", sagt Theo zu Gian und schaut ein wenig unschlüssig auf das braune Ding in seiner Hand. „Wird schon nicht so schlimm werden, wie du befürchtest", lacht Gian und zeigt dann Theo, wie man fachmännisch eine schöne dicke Zigarre vorbereitet und dann anzündet. Sie sind gerade bei ihrem zweiten Zug, als die beiden Frauen die sonnige Terrasse betreten. Beide haben luftige Sommerkleider an und setzen sich zusammen auf die kleine Rattanbank, die gegenüber den beiden Sesseln, in denen die Männer sitzen, steht. Iva atmet tief den Duft der Zigarren ein, sie liebt diesen Duft und schaut Gian immer wieder gerne zu, wie er genüsslich an der Zigarre zieht.

Gian dreht sich zu Theo um und erklärt ihm: „Sollte dir das Mundstück ein wenig zu trocken sein, empfehle ich dir, sie so ein wenig anzufeuchten." Dabei steht er auf und geht auf Iva zu. Sie weiß nun, was kommt, und schon spreizt sie ihre Beine so auseinander, dass beide Männer gleichzeitig sehen, dass sie unter dem Kleid kein Höschen trägt. Gian stellt sich etwas seitlich an sie ran und sagt: „Schau, Theo, so bekommt eine Zigarre einen ganz eigenen und besonderen Geschmack und dein Mundstück ist auch nicht mehr zu trocken." Er schiebt das Mundstück ganz langsam tief in die schon feuchte Muschi von Iva, die währenddessen genussvoll die Augen schließt und das geile Gefühl in sich spürt. Theo ist zunächst ein wenig erschrocken und erstaunt und schaut hilfesuchend zu Elena, die aber hat bereits ihrerseits ihre Beine weit gespreizt und lädt so Theo ein, es Gian nachzumachen. Anscheinend gefällt den beiden dieses Spiel, Elena genießt es sichtlich und Theo taucht seine Zigarre nach jedem Zug erneut in das nasse Loch von Elena. „Das muss aber ein besonderes Aroma sein, das Elena da hat", sagt Gian lachend zu Theo, „dass du das so oft machst." „Es ist unbeschreiblich, musst halt selbst mal kosten", sagt Theo übermütig. Das lässt sich Gian nicht zweimal sagen und schon verschwindet seine Zigarre in der Muschi von Elena und da Theo nicht untätig herumstehen möchte, versenkt er seine Zigarre in der Möse von Iva.

„Also, da ihr euch ja prächtig mit euren Zigarren amüsiert, möchte ich auch was haben, das ich in meinem Mund haben kann", sagt Iva und fasst Gian zwischen seine Beine und spürt da seinen schon sehr harten Schwanz. Sofort öffnet sie seine Hose und macht sich über seinen prächtigen Lümmel her. Sie stöhnt dabei laut auf, da zur gleichen Zeit Gian ihr die Zigarre nochmals von unten in ihre Muschi gestoßen hat. Iva schaut ein wenig nach links, da sie von da ein leises Stöhnen gehört hat und sieht, dass Elena sich ebenfalls über den Lustkolben von Theo hergemacht hat. Es dauert nicht lange und die Luft ist mit Stöhnen und Keuchen erfüllt, in irgendeinem Loch ist immer irgendwas. Zigarren in Muschis oder in den Mündern der Männer, um geraucht zu werden. Schwänze in den Mündern der Frauen oder für ein, zwei Stöße mal in einer der Mösen. Als die Zigarren zu Ende geraucht sind, vögeln beide Männer mal die eine, dann die andere in alle Löcher, die sie so zu bieten haben. Elena lutscht an den Titten von Iva, während diese von beiden Männern im Sandwich genommen wird. Dann darf auch Elena diese geile Erfahrung machen, von zwei Männern gleichzeitig gevögelt zu werden und darf dabei noch die Möse von Iva lecken. Was für ein herrlicher Sommerabend und der war noch lange nicht zu Ende …

Geschichte Nr. 8

Das wird sicher ein lustiger Abend werden. Die beiden Pärchen gehen lachend in den Keller des alten Restaurants. „So eine tolle Idee, die du hattest, Emil", sagt sein bester Freund Urs, „ich hab schon lange nicht mehr gekegelt und da heute das Restaurant deiner Eltern geschlossen ist, haben wir die Bahn ganz für uns alleine."

Nachdem sie eine Weile gespielt und auch schon das eine oder andere Bier getrunken haben, kommt Urs auf die Idee, man könnte doch das Galgenspiel spielen, aber so, wie man Strip-Poker spielt, also jedes Mal, wenn man sich einen Strich leistet, fällt auch ein Kleidungsstück. „Ja klar", antwortet Tabea, „ist klar, dass ein Mann auf solch eine Idee kommt", und zwinkert Carla zu.

Es dauert nicht lange und das eine oder andere Kleidungsstück liegt auf einem Stuhl. „Noch ein Strich bei dir, Tabea, und dein schöner BH liegt auch auf dem Stuhl", sagt Emil zu ihr. Urs hofft, dass Tabea wirklich den nächsten Strich abbekommt, damit er ihre festen kleinen Brüste endlich ganz sehen kann und nicht nur hinter dem dünnen Stoff des BHs. Ihn reizt es schon lange, neben den geilen großen Titten, die Carla hat, und die er so mag, auch mal mit solchen kleinen festen Titten zu spielen.

Das Warten hat sich gelohnt, die Titten von Tabea sind wirklich klein, aber straff und locken mit ihren Nippeln daran zu saugen. Der Nächste, der ganz nackt vor allen steht, ist Emil, dann Urs und nur noch Carla steht in String und BH da. „Tja, dann ist ja klar, wer gewonnen hat", meint sie und küsst Urs auf seinen Mund und automatisch geht ihre Hand direkt zu seinem schönen Schwanz und beginnt ihn zu massieren. Sein Riemen reagiert sofort und schnellt in die Höhe und wird hart. Sie liebt es, wenn er so reagiert und küsst ihn noch leidenschaftlicher, öffnet ihre Beine so, dass auch seine Hand den Weg zu ihrer Grotte findet und sofort beginnt, ihren Kitzler zu stimulieren. Tabea und Emil schauen sich zuerst etwas ratlos an, dann sagt Tabea zu ihm: „Was die können, können wir auch." Und schon befummeln sie sich ebenfalls. Emil setzt sich auf einen Stuhl und Tabea lutscht seinen harten, steil aufstehenden Schwanz genussvoll. „Das will ich auch!", sagt Urs und setzt sich auf den Stuhl direkt neben Emil. Beide Frauen blasen nun die Schwänze ihrer Männer, als Tabea plötzlich sagt: „Darf ich mal bei deinem kosten?" Carla nickt und schon haben die beiden Frauen den Schwanz des anderen im Mund. Nun kann Urs endlich mal die Titten von Tabea anfassen und beginnt diese zu massieren und zu kneten und Tabea gefällt das anscheinend gut, denn sie bläst seinen Riemen nur noch heftiger. Bald vögeln die vier bunt durcheinander, mal vögelt Urs seine Carla von hinten und sie bläst dabei den Schwanz von Emil, mal leckt Tabea die Möse von Carla, während Emil ihre Spalte leckt und Carla den Schwanz von Urs verwöhnt. Die Luft ist voller Lust und Gestöhne und als die beiden Männer kurz vor dem Abspritzen sind, geben sie ihren Frauen ein Zeichen, dass sie sich vor sie hinknien sollen, um sich ihre Belohnung abzuholen. Beide spritzen ihren heißen süßen Saft in die weit geöffneten Münder.

„Das war so was von geil, das müssen wir unbedingt bald wiederholen", sind sich alle vier einig und lachend ziehen sie sich an, um nach Hause zu gehen …

Geschichte Nr. 9

Die Stimmung auf einem Weihnachtsmarkt ist einfach ganz speziell, all die Lichter und von überall feine Düfte und immer wieder Weihnachtsmusik. Nur schade, dass ich das immer alleine erleben muss, zu zweit wär es sicher noch schöner, denkt sie sich. Sie hört, dass sie eine SMS bekommen hat und schaut kurz die Mitteilung an, geht aber dennoch langsam weiter. Als sie die Mitteilung fertig gelesen hat und ihr Handy gerade in die Tasche stecken will, prallt sie in jemanden hinein. Vor Schreck lässt sie das Handy fallen. Erschrocken schaut sie auf und schaut in zwei grüne Augen, die sie belustigt anschauen. Sie murmelt eine Entschuldigung und bückt sich, um das Handy aufzuheben, anscheinend hatten die grünen Augen die gleiche Idee und so kommt es, dass sie mit ihren Köpfen zusammenstoßen.

„Sie stehen wohl auf Körperkontakt, auch wenn ein wenig schmerzhaft", lacht er sie an, hebt das Handy auf und übergibt es ihr.

„Es tut mir unendlich leid, darf ich Sie als Entschuldigung zu einem Glühwein einladen?" „Ja, sehr gerne doch", entgegnet er und schon hat er sich bei ihr eingehakt und steuert den nächsten Glühweinstand an.

Nachdem sie zwei Tassen gekauft hat und sie nun so an einem Stehtisch stehen, sagt er zu ihr: „Also, ich bin Tom und wie heißt du?" „Ich heiße Tabea", erwidert sie und sie prosten sich zu. „Dann erzähl mal, warum du so alleine auf einem Weihnachtsmarkt bist und fremde Männer abschießt", lacht er. Sie unterhalten sich über vieles und nach dem dritten Glühwein meint sie zu ihm: „Mein Körper ist durch den Glühwein schön aufgewärmt, aber meine Füße frieren jetzt ein." Er schaut sich ihre Schuhe an und lacht. „Ja, du hast ja auch nicht gerade die wintertauglichsten Schuhe an. Wenn du willst, kannst du dir deine Füße bei mir zu Hause aufwärmen, ich wohn hier gleich in der Nähe."

Sie sitzt auf seinem Sofa und er kniet vor ihr und massiert liebevoll ihre eiskalten Füße. „Du machst das sehr gut, ich glaube, es kehrt langsam wieder Leben in meine Füße zurück." Entspannt lehnt sie sich zurück und genießt seine Fußmassage und spreizt unbeabsichtigt ihre Beine, sodass er nun direkt auf ihr Höschen unter ihrem Kleid schauen kann und sieht, dass sich da ein verdächtiger nasser Fleck abzeichnet. Vorsichtig massiert er nun auch ihre Waden und als sie stöhnt und es anscheinend genießt massiert er sich langsam seinem Ziel entgegen und bald massieren seine flinken Finger ihre schon sehr feuchte Möse durch das Höschen hindurch.

Sie stöhnt und windet sich und öffnet ihre Beine noch mehr. Schon schlüpft ein Finger unter das Höschen und spürt die heiße Nässe. Er schiebt das Höschen zur Seite und vergräbt nun seinen Kopf in ihrem Schoß, damit seine flinke Zunge diesen geilen Saft auflecken kann. Geil, wie er sie gemacht hat, beginnt sie ihre Bluse aufzuknöpfen und ihm ihre prächtigen Titten zu präsentieren. „Zeig mir deinen Schwanz. So wie es in deiner Hose aussieht, möchte er an die frische Luft und ich möchte mich ihm doch auch vorstellen." Das muss sie ihm nicht zweimal sagen und schon steht er nackt vor ihr und ein herrlich harter und schöner Schwanz ragt von seinem Körper ab. Sie stülpt sofort ihren gierigen Mund über dieses Prachtexemplar und beginnt ihn zu lutschen, zu saugen und zu lecken. Er genießt ihr Zungenspiel an seinem Lustkolben und hin und wieder drückt er ihren Kopf fest an sich, damit sein Knüppel tief in ihren Rachen dringt, das macht ihn geil und ihr scheint es auch zu gefallen.

Dann legt er sie aufs Sofa und vögelt sie mit seinem Schwanz von oben in den Mund, während sie sich mit den Fingern ihre nasse Fotze reibt. „Du bist so richtig versaut, das merk ich", sagt er stöhnend zu ihr, „gut bist du in mich hineingelaufen, weil ich denke, unser Körperkontakt hat erst jetzt richtig angefangen." Dabei zieht er sie hoch und führt sie in sein Schlafzimmer, wo der Körperkontakt noch intensiviert wird …

Geschichte Nr. 10

Eigentlich hatte sie keine Lust, heute noch auf die Nikolausfeier vom Büro zu gehen, aber da sie erst drei Monate hier arbeitete, sollte sie sich sicher kurz zeigen, um einen guten Eindruck zu hinterlassen. Also rafft sie sich auf und geht in die obere Etage, wo die Feier schon seit einer halben Stunde begonnen hat. Die Party ist schon voll im Gange und so wie es aussieht, sind die meisten auch schon bester Stimmung. Sie stellt sich etwas abseits an eine Wand und beobachtet das bunte Treiben, plötzlich beginnen die Leute zu jubeln und zu klatschen und sie sieht erstaunt hoch. Ein Nikolaus betritt den Raum und stellt einen anscheinend prall gefüllten Sack vor sich hin. Sie mustert den Nikolaus und stellt fest, dass er sicher nicht wirklich so alt ist, wie ein Nikolaus sein sollte. Dann beginnt der Nikolaus, den einen und anderen nach vorne zu rufen und liest ihm aus dem goldenen Buch vor, was der betreffende so unter dem Jahr angestellt hatte. Je länger das geht, umso lauter und ausgefallener werden die Anwesenden. Als der Nikolaus alle seine Geschenke verteilt hat, seinen leeren Sack über die Schulter wirft und Richtung Ausgang geht, fällt sie ihm auf. Er geht auf sie zu und sagt zu ihr: „Du musst neu hier sein, dass du nicht nach vorne zu mir kommen musstest, aber ich glaub, jedem Neuem steht eine Rute zu, also wenn du kurz mit mir mitkommen möchtest, geb ich sie der gerne." Sie folgt ihm in die untere Etage in einen abgelegenen Raum. Keck schaut sie ihn an und fragt: „Wo ist denn nun die Rute? Er knöpft sein Oberteil auf und nimmt seinen Bart ab. Was sie sieht, gefällt ihr ungemein gut. Er sagt: „Das ist eine ganz besondere Rute, die kann einem Erfüllung bringen." „Soso", entgegnet sie, „da bin ich ja gespannt". Er streift seine Hose ab und ein prächtiger Schwanz springt ihr entgegen. „Wow, das ist mal eine ordentliche Rute", meint sie zu ihm und kniet sich vor ihn hin, um die Rute genussvoll in den Mund zu nehmen. Was für ein schöner und geiler Schwanz, denkt sie und lutscht und saugt daran, dass er noch dicker und härter wird, als er schon war. Er hebt sie zu sich hoch und öffnet ganz langsam die Knöpfe an ihrer Bluse, wobei er ihr die ganze Zeit tief in die Augen blickt. Bei diesem Blick wird ihr ganz schwindlig und in ihrer Grotte beginnt der Saft zu fließen. Als er ihr dann auch noch die Hose abstreift, wird sie so geil, dass sie sich auf den Tisch setzt, die Beine spreizt und zu ihm sagt: „Leck meine Spalte!" Er lässt sich das nicht zweimal sagen und beginnt sie mit seiner Zunge zu verwöhnen, bis sie laut aufstöhnt und die Beine noch weiter auseinanderspreizt. Dann setzt er sich auf den Bürostuhl und lädt sie ein, sich mit ihm darauf zu setzen. Ganz langsam setzt sie sich auf seinen aufgerichteten Lustkolben und beginnt ihn ganz langsam zu reiten, bis der Ritt zu einem Galopp wird. Er wurde noch nie so geritten und daher dauert es nicht lange, bis er seine ganze Ladung in sie abschießt.

Wie es sich für ein braves Mädchen gehört, das gerade vom Nikolaus die Rute bekommen hat, leckt sie ihm seine geile Rute sauber.

„Ich denke, wenn du dem Nikolaus nun noch zeigst, wo du wohnst, dann könnte der Nikolaus dir nochmals die Rute geben, wenn du magst", sagt er zu ihr. Das war genau das, was sie hören wollte, und sie nimmt ihn an der Hand, um mit ihm zu Hause nochmals die Rute zu genießen.

Geschichte Nr. 11

Ein herrlicher Tag und schon früh am Morgen ist sie bereit, ihre Fahrradtour in Angriff zu nehmen. So ein schöner Tag, denkt sie und genießt jeden Kilometer, den sie hinter sich bringt.

Dann, nach etwa der Hälfte der voraussichtlichen Strecke, macht sie eine Rast, um etwas zu trinken und sich ein wenig auszuruhen. Sie hat ein schönes Plätzchen in einem kleinen Wald abseits der Hauptstraße gefunden. Da es um diese Zeit schon sehr warm ist, zieht sie kurzerhand rasch ihr Oberteil aus, um besser abzukühlen. So genießt sie die Ruhe und die kühle Luft im Wald. Plötzlich hört sie ein Motorrad, das sich nähert und an der gleichen Stelle wie sie anhält. Erschrocken versucht sie ihr Oberteil wieder anzuziehen. Als sie gerade mit dem Kopf im Shirt steckt hört sie, wie eine männliche Stimme zu ihr sagt: „Das ist aber schade, dass du dich schon wieder anziehen willst, so schöne Brüste hab ich noch nie in einem Sport-BH gesehen." Sie hat sich so erschrocken, dass sie vor lauter Aufregung sich verheddert und den Kopf nicht aus dem T-Shirt bekommt. Da spürt sie zwei große Hände auf ihren Titten, die sie sanft massieren. Sofort schießt ihr eine heiße Welle der Lust durch den Körper. Die eine Hand des Mannes wandert nun ganz langsam Richtung Hose, streichelt ihren Bauch und verschwindet sogleich in ihrer Hose, wo seine Finger sofort den Weg in ihre Spalte finden. Sanft massieren die Finger die Grotte, bis der erste heiße Saft in ihr zusammen läuft. Ein Seufzer entgleitet ihr und sie schämt sich, dass ihr das, was der unbekannte Mann mit ihr macht, so sehr gefällt. Da zieht er ihr plötzlich das T-Shirt über den Kopf und sie sieht in zwei grüne Augen und ein Gesicht, das ihr auf Anhieb sehr gefällt. Er stellt sie auf die Füße, dreht sie so, dass ihr Rücken an seinem Bauch liegt und befreit sie von ihrem BH. Nun kann er die zwei prallen Titten genussvoll massieren und er merkt, wie sie dabei immer geiler wird. Sie schmiegt sich an ihn und genießt diese Massage sehr. Der Saft in ihrem Schoß wird immer mehr und schon ist wieder eine seiner Hände in ihrer Hose und massiert ihre feuchte Muschi. Sie stöhnt und windet sich unter seinen Händen und genießt jeden Augenblick. Da dreht er sie wieder um, schaut ihr in die Augen und sagt, während er seine Bikerhose öffnet: „So, meine Schöne, nun zeig mal, was du so kannst." Was für ein Anblick: Ein schöner harter Schwanz springt aus der Hose und sofort geht sie in die Knie, um diesen Prachtschwengel zu verwöhnen. Ihre Zunge bearbeitet das herrliche Stück ausgiebig. Beide sind nun sehr geil und wollen nun noch mehr, er zieht ihr die im Schritt sehr feuchte Fahrradhose aus, stellt sie an einen Baum und stößt ihr seinen harten Schwanz tief in ihre Muschi rein. Sie hält sich am Baum fest, um seine harten Stöße abzufangen und genießt seinen harten Ritt mit ihr. Es dauert nicht lange und beide kommen fast gleichzeitig zu ihrem Höhepunkt. Beide setzen sich erschöpft, aber sehr zufrieden auf den Boden und er sagt zu ihr: „Wenn du mir noch deinen Namen und deine Adresse gibst, könnte es sein, dass ich auf meinem Nachhauseweg einen kleinen Halt bei dir einlege, denn das muss unbedingt wiederholt werden, aber dann etwas ausführlicher …"

Geschichte Nr. 12

In der Vorweihnachtszeit einkaufen zu gehen macht, mag er überhaupt nicht. Überall viele Menschen und ein Gedränge und heute will sie unbedingt in eins der größten Einkaufszentren der Gegend.

Plötzlich kommt ihm eine Idee und ein Schmunzeln umspielt seinen Mund. Als sie am Einkaufszentrum ankommen, fährt er einfach daran vorbei und steuert auf einen kleinen Parkplatz direkt daneben zu. „Warum fährst du nicht ins Parkhaus?", fragt sie ihn. „Da müssen wir sicher lange anstehen und hier haben wir gleich Platz und ein wenig gehen schadet ja nichts." Als sie losgehen will, hakt er sich bei ihr ein und zieht sie in eine andere Richtung. „Was soll das?", fragt sie ihn. „Ja weißt du, ich denke, bevor wir uns in das Getümmel stürzen gönnen wir uns ein wenig Entspannung, lass dich überraschen." Er führt sie in ein Haus, wo sie mit einem Lift in die dritte Etage fahren. „Wohin gehen wir?", fragt sie ein wenig unsicher. „Lass dich überraschen." Sie treten aus dem Lift und er klingelt an einer Tür, die keine Anschrift hat. Sofort ertönt ein Summer und er öffnet die Tür.

Sie betreten einen Raum mit gedämpftem Licht und eine spärlich bekleidete Dame empfängt sie am Eingang. „Hallo ihr zwei, willkommen bei uns, wart ihr schon mal in einem Swinger?" Er verneint und sie kann vor lauter Schreck nur den Kopf schütteln. „Was machst du mit mir?", fragt sie scheu. „Entspann dich und lass es uns doch mal ausprobieren."

Sie entkleiden sich in einem Raum bis auf ihre Unterwäsche und setzen sich zuerst einmal ins Café, das zu der Einrichtung gehört. Die Dame vom Empfang setzt sich zu ihnen und erklärt ihnen die Regeln eines Swingerclubs und fragt sie, ob sie die verschiedenen Räume selber erkunden wollen oder ob sie sie gerne gezeigt bekommen. „Wir möchten uns gerne alleine umsehen."

Er nimmt sie an der Hand und sie gehen zusammen los. Überall ist das Licht gedämpft, sodass dadurch schon eine erotische Stimmung aufkommt. Sie merkt, dass sie das alles zu ihrem Erstaunen sehr erregt und ihre Säfte in ihrer Muschi sich zu sammeln beginnen. In einem Zimmer sehen sie ein Paar, das sich gerade an einer Liebesschaukel vergnügt. Wie geil ist das denn?, denkt sie sich, das würde ich auch gern mal ausprobieren. Und das flüstert sie ihm ins Ohr. „Dann lass uns das nachher ausprobieren wenn die beiden sich ausgetobt haben." Sie sieht, dass auch er anscheinend schon geil wird, beult sich seine Hose doch schon merklich aus. Da sie als Paar in den Club gekommen sind, haben sie auch einen speziellen Schlüssel für Zimmer, die nur für Pärchen zugänglich sind. Das probieren sie nun aus, sie legen sich auf ein großes Bett und sehen sich im Spiegel, der an der Decke befestigt ist. Sie befreit den herrlichen Schwanz von ihm und leckt keck mit ihrer Zungenspitze an seiner Eichel, sie weiß, dass er das liebt und es ihn geil macht und sie mag es, wenn er geil ist. Langsam saugt sie immer stärker an seinem harten Riemen und seift ihn mit ihrem Speichel ein, damit er bestens in und aus ihrem Mund flutscht. „Komm, dreh dich um, ich will dich lecken." Sofort dreht sie sich um und hält ihm ihre schon sehr nasse Muschi vor sein Gesicht. Er leckt zuerst ihren Saft aus der Spalte und steckt hin und wieder seine Zunge tief in ihr geiles Loch. Ihre Schwanzbehandlung macht ihn so geil, dass er nun auch noch ihr drittes Loch ein wenig fingert. Der geile Bock, denkt sie sich, er will, dass ich schon das erste Mal komme. Und das dauert dann auch nicht lang und der erste geile Orgasmus durchschüttelt sie. Danach legt sie sich in seine Arme und sieht im Spiegel, wie er mit seinen Fingern ihre Nippel zwirbelt und ihre Titten massiert. Das so im Spiegel zu sehen lässt sie gleich wieder geil werden.

„Komm, lass uns die anderen Räume auch noch anschauen, wer weiß, was wir noch alles Tolles finden." Es gibt auch einen Außenbereich und da befindet sich ein Whirlpool. Beide setzen sich in das wohlig warme Wasser und lassen sich von den Wasserdüsen massieren. Das macht sie noch geiler und so kommt es, dass sie sich sofort auf seinen harten Schwanz setzt und ihn zu reiten beginnt. Sie weiß, dass er diese Stellung liebt, daher bewegt sie sich auch extra aufreizend auf seinem Schwanz. „Du verficktes Luder", raunt er, „hör auf, sonst spritz ich dich voll und das wollen wir doch noch nicht." Schmollend gibt sie seinen Prachtlümmel frei und massiert ihn sanft unter Wasser. Nach einer kurzen Zeit trocknen sie sich ab, ziehen ihre Unterwäsche wieder an und erkunden den Club weiter. Ein weiterer Raum interessiert sie, in dem ein Stuhl steht, der aussieht wie ein Stuhl beim Gynäkologen. „Setz dich da drauf, meine Schöne", sagt er zu ihr. Nun sitzt sie da auf diesem Stuhl mit gespreizten Beinen und einer nassen Muschi und plötzlich bemerkt sie, dass sie nicht mehr alleine sind. Zwei Männer stehen vor dem Raum und beobachten nun, wie er ihre Muschi leckt und sie es genießt. Und sie genießt es auch, dass diese beiden Männer zuschauen, sie aber nicht berühren dürfen, weil sie das nicht will, sie will nur ihm gehören. Aber dass sie zuschauen und sich dabei ihre Schwänze wichsen, macht sie geil. Er nimmt seinen Schwanz in die Hand und schlägt ihn sanft auf ihren Venushügel und dann stößt er schnell und hart in sie hinein. Das macht er ein Weilchen und dann entlädt er sich mit seinem herrlich warmen Saft über ihren Bauch und ihre offene Muschi. Die beiden Männer wichsen sich immer noch heftig und sie steht auf, kniet sich vor ihn hin und leckt ihren Freudenspender sanft sauber. Danach gehen sie nochmals ins Café und sehen, dass die Zeit wie im Flug vergangen ist und das Einkaufszentrum schon bald schließt. „Ja, dann denk ich doch, wir werden sehr bald wiederkommen, um die anderen Räume auch noch zu erkunden und dich auch noch in der Liebesschaukel zu vögeln." „Das machen wir und ich danke dir, dass du diese geile Idee hattest. So macht doch einkaufen gehen viel mehr Spaß …"

Geschichte Nr. 13

Er betritt die Wohnung und sie steht vor ihm und schmunzelt ihn an, gibt ihm einen innigen Kuss und sagt: „Happy birthday!" Sie dreht ihn um und schon sind ihm die Augen verbunden. „Was wird das?", fragt er und sie sagt nur: „Lass dich überraschen." Sie nimm ihn an der Hand und führt ihn ins Schlafzimmer und setzt ihn aufs Bett. Dann entkleidet sie ihn ganz langsam und küsst jede Stelle, die von ihr freigelegt wird. Als er ganz nackt vor ihr sitzt, sieht sie, dass sein schöner Schwanz schon angewachsen ist. Sie lacht und sagt: „Da freut sich aber schon jemand." Dann bittet sie ihn, sich hinzulegen und seine Hände werden ans Bett gebunden. Sein Schwanz wippt schon die ganze Zeit freudig auf und ab.

Da spürt er etwas sehr Kaltes an seinen Nippeln, was sehr erregend ist für ihn. Dann ist das Kalte an seinen Lippen und er merkt, dass es ein Eis ist. Er öffnet den Mund und lutscht daran. „Schmeckst du meinen Saft?", fragt sie. Was für ein Luder sie doch ist, denkt er sich und schon ist das Eis wieder aus seinem Mund entfernt. Sie zeichnet damit eine Linie von dem einen Nippel zum anderen und dann hinunter über den Bauch zum Schwanz hin. Als sie mit dem Eis seinen Schwanz berührt zuckt der ein wenig zusammen und stellt sich aber wie eine Eins wieder hin. Sie beginnt nun das Eis, das seinen Schwanz umgibt, abzulutschen und sagt dann: „Da fehlt irgendwas." Und schon merkt er, dass etwas Zähfließendes über seinen Schwanz gegossen wird. „So stell ich mir ein feines Eis vor", sagt sie lachend, „und die Kerze zum Geburtstag steht auch schon" und beginnt nun genüsslich die Karamellsoße und das Eis, dass seinen Schwanz bedeckt, abzulecken. Sie fährt ganz langsam mit ihrer Zunge vom Damm bis hinauf zur Spitze und das wiederholt sie so oft, bis der ganze Riemen sauber geleckt ist, danach stülpt sie ihren Mund über den harten Schwanz und bläst ihn so, wie er es liebt und krault dazu seine prallen Eier. Auch die werden dann noch von ihrem Mund verwöhnt und gelutscht und gesaugt.

„Du machst mich so geil, bitte lass mich dich kosten, gib mir deine Grotte zum Lecken während du mich weiter so geil bläst", bettelt er. Das macht sie nur allzu gerne. Schon hält sie ihm ihre schon nasse Muschi vor seinen Mund und er beginnt ihre versaute Spalte zu lecken, während sie weiter seinen Schwanz bläst. Ihr Saft läuft in seinen Mund und macht ihn noch geiler, als er schon ist. „Bitte bind mich los, meine Schöne, ich muss dich ficken, ich will dir meinen Riemen tief in deine Muschi stoßen, bis du explodierst." Sie bindet ihn los und nimmt ihm die Augenbinde ab. „Los, geh auf die Knie, damit ich dich durchvögeln kann, du geile Schlampe", und schon hält sie ihm ihren Arsch entgegen und er dringt mit einem einzigen Stoß tief in ihre Muschi ein. Sie liebt es, wenn er sie so nimmt, sie an den Haaren packt und sie durchfickt wie ein Cowboy auf einem wilden Mustang. Es dauert nicht lange und er sagt: „Knie dich hin, du Schlampe, und öffne deinen Mund, ich geb dir auch ein kleines Geschenk." Sie kniet sich mit offenem Mund vor ihn hin und wartet auf sein süßes und heißes Sperma, das er ihr nun aufs Gesicht und in den Mund spritzt.

Erschöpft legen sie sich hin und sie sagt: „Ich denke, jetzt müssen wir beide unter die Dusche und ich meine das Geburtstagskind bekommt heute eine Sonderbehandlung und wird von mir eingeseift …"

Geschichte Nr. 14

Er dachte schon, sie kommt nicht mehr, als es an der Tür klingelt. Sie steht mit zwei vollgepackten Einkaufstaschen vor der Tür und strahlt ihn an. „Ich zeig dir nun gern mal den Unterschied der verschiedenen Gemüse", sagt sie und trägt die Taschen in die Küche. Nach kurzer Zeit stehen beide lachend in der Küche und schneiden Gemüse klein. „Also, ich kenn nun den Unterschied zwischen einer Gurke und einer Zucchini und nun freu ich mich auf einen feinen Gemüseeintopf. Da nimmt sie eine noch ganze Zucchini in die Hand und sagt keck zu ihm: „Mit einem geeigneten Gemüse kann man auch noch ganz andere Dinge anstellen", hebt ein Bein auf die anrichte hoch und schiebt sich die Zucchini tief in ihre Muschi rein. Er staunt zuerst, da er merkt, dass sie kein Höschen anhat. Doch dann regt sich sofort sein Schwanz in seiner Hose, da es ihn aufgeilt zu sehen, wie sie sich das Gemüse langsam in ihre Muschi schiebt und wieder heraus. Er holt seinen Schwanz aus der Hose und sagt: „Ich hätte hier auch noch ‚Gemüse', das diese Behandlung von dir bräuchte." Sie schaut ihm tief in die Augen und sagt: „Man muss das Gemüse immer zuerst waschen, bevor es gebraucht wird", und schon geht sie in die Knie und lässt seinen bereits sehr aufrechten Stab in ihrem Mund verschwinden. Sie bläst und saugt an ihm, wie er noch nie geblasen wurde. So ein geiles Luder, denkt er sich, da bin ich gespannt, was sie mir sonst noch zeigt. Nachdem sein Riemen genug mündlich verwöhnt wurde, hebt er sie hoch und setzt sie auf die Anrichte, spreizt ihre Beine auseinander und beginnt ihre Lustgrotte mit seiner Zunge zu erkunden. Ihr Saft läuft ihm schon in den Mund, so geil ist sie anscheinend schon und das lässt ihn sie noch mehr mit seiner Zunge zu lecken. Dann nimmt er seine Finger zuhilfe und steckt zwei davon tief in ihre nasse Grotte und fingert sie, während seine Zunge weiter ihre Spalte verwöhnt.

Dann nimmt er sie sanft in seine Arme und trägt sie zu seinem Bett und legt sie hinein. Beide entkleiden sich und dann beginnt ein geiles Abenteuer. Beide verwöhnen sich mit ihren Mündern, sie bläst seinen Schwanz auf Hochdruck und er leckt ihre Muschi, bis der Saft nur so aus der Grotte läuft und hin und wieder saugt er an ihren harten aufrecht stehenden Nippeln. Er setzt sie rücklings auf seinen harten Lustkolben und beginnt ihn zu reiten, während er ihre üppigen Titten mit seinen Händen massiert. Nach einer Weile hebt er sie von seinem Schwanz herunter, dreht sie so, dass sie auf allen vieren vor ihm kniet und er nun beide Ficklöcher vor sich sieht. Nun stößt er seinen harten Schwanz abwechselnd in ihre Muschi und in ihren geilen Arsch und ihr Stöhnen treibt ihn an, sie noch intensiver in die beide Löcher zu ficken. Als er merkt, dass er kurz vor dem Explodieren ist, dreht er sie wieder um und sagt, sie soll ihren Mund öffnen. Sie kniet vor ihm und wartet auf seine süße Belohnung, die er noch so gern in ihren offenen Mund und einen Teil über ihre geilen Titten spritzt.

„Ich vermute, wir essen etwas später", sagt sie zu ihm, „da ich denke, zuerst werden wir duschen und dann geht's in die nächste Runde, du geiler Hengst."

Geschichte Nr. 15

Er konnte die Uhr nach ihr stellen, jeden Freitagabend kurz vor Ladenschluss kommt sie in seinen kleinen Lebensmittelladen und kauft ein. Er weiß genau, was sie braucht und dieses Mal hat er vorgesorgt.

Da ist sie schon, genau wie er angenommen hat, fünf Minuten bevor er den Laden abschließt. Heute sieht sie besonders hübsch aus in ihrem eng anliegenden roten Kleids und den passenden High Heels. Als sie an ihm vorbeigestürmt ist, dreht er ganz unauffällig das Schild an der Tür um, sodass jeder annehmen muss, der Laden ist geschlossen.

Schon ruft sie ihn aus der Gemüseabteilung zu sich. Wutentbrannt steht sie da und fragt vorwurfsvoll: „Haben Sie nur noch solche schlabbrigen Gurken? Ich brauch eine frische, saftige Gurke, wie immer."

Er entschuldigt sich und sagt ihr, dass es möglich wäre, dass er im Lager noch welche hätte, er würde nachsehen. Als er schon an der Tür zum Lagerraum ist, dreht er sich noch mal um und fragt sie, ob sie nicht mitkommen möchte, dann könnte sie sich selbst die schönste aussuchen. Sie folgt ihm in den Lagerraum bis zum Kühlraum, wo das Gemüse gelagert ist. Er zeigt ihr die noch vorhandenen Gurken und sie betrachtet, welche sie wohl nehmen will. Da hört sie ihn sagen: „Hier hätte ich sonst auch noch ein sehr frisches und knackiges Exemplar." Als sie sich umdreht, steht er nackt vor ihr und sein großer und harter Schwanz ragt ihr entgegen. Erschrocken stößt sie einen Schrei aus, aber was sie sieht, gefällt ihr sehr und in ihrer Spalte beginnt es zu kribbeln und ihre Nippel richten sich auf. Schon lange gefällt ihr der nette und gut gebaute Verkäufer und da sie ihn nun so vor sich sieht, vergisst sie alle Hemmungen und geht ganz langsam auf ihn zu. Sie legt ihre Hände auf seine Schultern und fährt mit den Fingernägeln ganz langsam über seine Brust, seinen Bauch, seine Lenden und dann krault sie ihm seine Eier. Den Blick hat sie nicht von ihm genommen und sieht in seinen Augen, wie die Lust immer größer wird. Ganz, ganz langsam geht sie in die Knie, umfasst den prallen Schaft und leckt mit der Zunge über seine Eichel. Ein Stöhnen entgleitet ihm und das nimmt sie als Zeichen, nun seinen ganzen Knüppel tief in ihren Rachen aufzunehmen. Sie saugt und lutscht an ihm und in ihrer Grotte wird es immer nasser. Er zieht sie nach oben und öffnet den Rückenreißverschluss an ihrem Kleid, sodass das Kleid zu Boden gleitet und sie nur noch in BH und High Heels vor ihm steht. Sieh mal an, denkt er sich, so eine kleine geile Schlampe, nicht mal ein Höschen trägt sie. Er dreht sie um drückt sie an die Wand und stößt ihr von hinten seinen Schwanz in die nasse Muschi. Sie vögeln, als gäbe es kein Morgen und es dauert nicht lange und er spritzt seinen heißen Saft über ihren wundervollen knackigen Arsch.

Sie weiß nun, dass sie mit Bestimmtheit morgen wieder eine frische Gurke kaufen möchte, ganz knackig, eine aus dem Lagerraum ...

Geschichte Nr. 16

Er liegt nackt auf seinem Sofa und ist anscheinend eingedöst, da er vom Klingeln seiner Wohnungstür aufwacht. Schnell eilt er zur Tür und als er sie öffnet, steht da die geile Ärztin vor ihm. „Ja, das ist doch mal eine nette Begrüßung", sagt sie augenzwinkernd und schaut ungeniert auf seinen Lümmel. „Darf ich reinkommen oder wollen wir so stehen bleiben?", fragt sie keck und schon schlüpft sie an ihm vorbei in die Wohnung. „Ja, dann lass mich doch mal den Patienten ansehen, setz dich doch hin und ich schau mir mal an, wies es ihm geht. Die Salbe hat sehr gut gewirkt, ich hätte da aber noch ein Hausmittel, das ganz sicher hilft, dass er sich vollständig erholt. Hast du Eiswürfel?" Sofort holt er eine Schale voll Eiswürfel aus der Küche und setzt sich wieder hin. Sie geht vor ihm auf die Knie und nimmt in jede Hand einen Eiswürfel und reibt ganz sanft seinen Schwanz damit ein. Sofort schnellt sein Schwanz in die Höhe und wird hart. Sie massiert ihn so sanft und einfühlsam, dass der Lustkolben nicht lange braucht, um in seiner ganzen Pracht vor ihr aufzuragen. „Ich merke, meinem Patienten geht es schon wieder hervorragend, aber einen letzten Test hab ich noch", sagt sie und schon ist sein harter Knüppel in ihrem Mund verschwunden. Oh mein Gott, denkt er sich, ich bin wohl im Paradies, ich wurde noch nie so geblasen wie von dieser geilen Ärztin. Er genießt ihre Zunge auf seiner Eichel und wenn sie ihn wieder ganz tief in ihren Rachen nimmt.

„So, du heiße Braut, ich glaub, nun bin ich mal an der Reihe." Er steht auf, hebt sie hoch und setzt sie auf das Sofa, spreizt ihre Beine auseinander und sieht, dass sie kein Höschen unter ihrem Kleid anhat. „Das gefällt mir, so komm ich gleich an deine heiße Spalte heran." Nun verwöhnt er sie mit seiner Zunge, fährt langsam und genüsslich durch die schon sehr nasse Spalte und steckt hin und wieder die Zunge in ihre Muschi. Der Saft fließt nur so aus ihr heraus und er schmatzt und leckt sie bis zu ihrem ersten Orgasmus. Genüsslich leckt er ihren Lustsaft auf und meint: „Lass uns in mein Bett gehen, da können wir uns gleichzeitig geil lecken."

Sie legt sich zuerst bäuchlings auf das sehr große Bett und reckt ihm ihren geilen Arsch entgegen. Sofort ist er hinter ihr und beginnt sie rund um ihr zweites Lustloch zu lecken und steckt hin und wieder einen Finger hinein. Sie bewegt ihren Arsch dabei sehr aufreizend, sodass er weiß, dass ihr diese Behandlung gefällt. „Nachher darfst du mich abwechselnd in meine Löcher vögeln, mein Hengst, aber nun will ich noch ein wenig meine Patienten verwöhnen." In der 69 Stellung lecken und blasen sie sich gegenseitig bis fast zum nächsten Höhepunkt, da geht sie schnell in die Hündchenstellung und sagt: „Und nun ramm mir deinen Hammer in jedes Loch, das du siehst." Er vögelt sie abwechseln in ihre geile Muschi und dann wieder in ihr kleines geiles Arschloch. Es dauert nicht lange und er entlädt sich und spritzt ihr seinen heißen Saft über den Po und den Rücken. „Zur Belohnung, dass du mich so verdammt geil gefickt hast und ich einen Orgasmus hatte wie schon lange nicht mehr, darfst du nun deinen heißen Saft auf meinem Rücken einmassieren." Das lässt er sich nicht zweimal sagen und massiert ihr seinen Saft sanft ein. „Du bist eine unglaublich geile Frau, bin ich froh, dass ich heute gestochen worden bin." „Das bin ich auch und ich denke, ich muss noch viele Hausbesuche machen, um zu sehen, wie es meinem Patienten denn so geht", erwidert sie lachend und schmiegt sich eng an ihn …

GESCHICHTE NR. 17

Er mag es nicht, wenn sie ihm noch aufträgt, auf dem Nachhauseweg einkaufen zu gehen, weil sie wieder einmal etwas vergessen hat. Als er jetzt nach Hause kommt, hat er ein verschmitztes Lächeln auf den Lippen und sie sieht, dass die Einkaufstasche voller ist, als sie sein müsste, sie hatte doch nur die Milch vergessen. „Deck du schon mal den Tisch", meint er zu ihr, „ich pack nur kurz die Einkäufe aus." Sie wundert sich immer noch, geht aber ins Esszimmer und beginnt den Tisch zu decken, als sie plötzlich herumgedreht, hochgehoben und auf den Tisch gesetzt wird. Er schaut ihr in die Augen und hält ihr eine große Gurke vor die Augen. „Ich denke, wenn ich schon dein Laufbursche bin, dann möchte ich auch mal was Spezielles mit dem Eingekauften machen." Er spreizt ihre Beine und streicht mit der Gurke durch ihre Spalte. Das Gefühl der Gurke durch die Jeans ist ein sehr erregendes und sogleich beginnt ihre Muschi zu reagieren und wird feucht. Er öffnet ihre Jeans, zieht diese aus und sieht schon den nassen Fleck auf ihrem Höschen. Er streicht nochmals mit der Gurke durch die nun schon nasse Spalte und sie stöhnt auf und drückt ihm ihren Unterleib entgegen. Er schiebt ihr Höschen zur Seite und schiebt die Gurke ganz langsam in das nasse Loch. Zuerst meint sie, die Gurke ist zu groß, aber durch die Nässe und das langsame Einschieben schluckt ihre Muschi fast die ganze Gurke. Was für ein geiles Gefühl und durch sein langsames Rein- und Rausschieben der Gurke wird sie nur noch geiler. Sie öffnet ihm seine Hose und holt seinen sehr steifen Riemen aus dem Stall und beginnt ihn zu wichsen. Er wird immer geiler und dadurch fickt er ihre gierige Muschi immer schneller und härter. Als er es fast nicht mehr aushält, zieht er die Gurke raus und rammt ihr seinen Schwanz tief von hinten in die Grotte, bis er nach kurzer Zeit seine ganze Ladung in ihre geile Muschi spritzt … „Ich denke, ich schick dich bald mal wieder auf dem Nachhauseweg zum Einkaufen", meint sie mehr als zufrieden zu ihm ;))))))

Geschichte Nr. 18

Er stand unschlüssig vor dem Gemüseregal und hoffte, dass doch jemand da wäre, der ihn beraten konnte. Er schämte sich, dass er nicht mal den Unterschied zwischen einer Zucchini und einer Gurke kannte. Nach längerem Warten kommt eine junge, sehr hübsche Angestellte aus dem Lager und sieht seinen fragenden Blick. „Kann ich Ihnen helfen?" „Ja, das können Sie bestimmt", antwortet er, „ich wollte eine Zucchini haben", und zeigt auf die beiden grünen Dinger, die er in seinen beiden Händen hält, „können Sie mir sagen, welche der beiden das ist?"

Sie schmunzelt und erklärt ihm, dass keine der beiden eine Zucchini ist, sondern das beide Salatgurken sind, die eine mit glatter Schale und die andere mit genoppter. „Ui, das ist mir jetzt peinlich", meint er und sagt: „Können Sie mir dann zeigen, wie eine Zucchini aussieht?"

„Wir haben gerade keine im Laden, aber ich meine, es sollte heute Morgen eine Lieferung gekommen sein. Kommen Sie doch rasch mit ins Lager und ich such ihnen eine Zucchini raus."

Als er so hinter ihr hergeht, hat er genügend Zeit, sie ein wenig genauer zu betrachten. Sie hat eine sehr schöne Figur und einen knackigen Po, denkt er sich. Und was er von vorn gesehen hat, hat ihm auch gut gefallen. Feste, pralle Titten hat er unter ihrem T-Shirt ausgemacht und auch ihr Aussehen gefällt ihm sehr.

„Warten Sie hier", sagt sie zu ihm, „ich such mal eben die Kiste mit den Zucchinis." Sie verschwindet nach ganz hinten ins Lager. Kurz darauf hört er einen Schrei und dann ein großes Gepolter. Sofort rennt er los und findet sie zwischen Holzkisten und Gemüse auf dem Boden kauern.

„Mir ist beim Suchen der ganze Kistenturm zusammengebrochen und nun hab ich die Bescherung." „Da es meine Schuld ist, dass Sie nun so ein großes Durcheinander haben, helfe ich ihnen natürlich beim Auf- und Einräumen des Gemüses."

Beide sortieren das auf dem Boden liegende Gemüse in die verschiedenen Kisten und hin und wieder berühren sie sich ganz unbewusst. Bei ihm löst es jedes Mal eine Reaktion in seiner Hose aus, macht es ihn doch ziemlich an, wenn sie sich so vor ihm bückt und er in ihren Ausschnitt schauen kann. Da hält sie plötzlich ein grünes Gemüse in der Hand und sagt: „Das wäre nun eine Zucchini." Dabei lächelt sie verführerisch. Er nimmt sie in die Hand und meint: „Ich hätte da auch noch was, das so hart ist wie diese Zucchini, möchtest du das mal sehen?" Sie wirft einen kurzen Blick auf seine Hose und meint keck: „Ja gern doch, ich denke, deiner Zucchini wird es ein wenig eng in der Hose." Sie geht in die Knie und schon ist seine Hose offen und sie hat seinen schon sehr harten Schwanz im Mund und beginnt ihn zu verwöhnen. So ist er schon lange nicht mehr geblasen worden, was sie mit der Zunge anstellt, ist sehr geil und macht, dass sein ohnehin schon großes Teil noch größer wird. Er packt ihren Kopf und fickt sie tief in den Rachen, so geil hat sie ihn gemacht. Sie stöhnt und zeigt ihm so, dass es ihr sehr gefällt, was er mit ihr macht.

Dann nimmt er sie hoch und setzt sie auf einen Stapel Kisten und zieht ihr die Hose aus und merkt erstaunt, dass sie keinen Slip darunter anhat. Geiles Luder, denkt er sich und verwöhnt nun sie mit seinem Zungenspiel. Sie spreizt die Beine weit auseinander, damit er mit seiner Zunge tief in ihr Fickloch eindringen kann. Er leckt sie ausgiebig und gleichzeitig schiebt er ihr zwei Finger in ihre Möse, die schon vor Geilheit tropft. Sie genießt es sichtlich und massiert sich ihre Titten, während er ihre Fotze bearbeitet. Beide sind so geil, dass sie unbedingt ihre Erlösung brauchen. Sie hüpft von den Kisten runter, dreht sich um und streckt ihm frech ihr Hinterteil entgegen und sagt: „Dann besorg es mir mal so richtig, du geiler Hengst, und fick mich tief und fest." Das lässt er sich nicht zweimal sagen und schon rammt er seinen Kolben in ihre nasse Grotte und stößt sie heftig durch. Nach kurzer Zeit kommen beide fast gleichzeitig zu einem extrem heftigen Orgasmus.

Sie dreht sich um, schaut ihm in die Augen und sagt: „Wenn du mir deine Adresse dalässt, dann liefere ich dir die Zucchini gerne nach Hause …"

Geschichte Nr. 19

Er wollte nur ein paar Abschläge üben in der Drive in Ranch, als er nach ein paar Minuten immer wieder ein leises Fluchen hört. Interessiert schaut er um die Ecke und erblickt eine hübsche junge Frau, die verzweifelt versucht, den kleinen Ball zu treffen. Sie merkt nicht, dass sie beobachtet wird. Immer und immer wieder verfehlt sie den Ball und jedes Mal wird sie wütender. Er kann nicht länger zuschauen und räuspert sich: „Entschuldigen Sie, aber kann ich Ihnen helfen?" Wütend schaut sie ihn an und sagt: „Wenn Sie mir zeigen können, wie man diesen dummen kleinen Ball abschlägt, gerne." Zu gerne gesellt er sich zu ihr, gefällt ihm doch, was er bis jetzt gesehen hat, und nun die Möglichkeit zu haben, sie von ganz nah zu betrachten, freut ihn. „Ich bin Toni", stellt er sich ihr vor. „Freut mich, Toni, dass du mir helfen willst, ich bin Mia." „Ja, also zuerst musst du mal deine Stellung zum Ball ändern", und so erklärt er ihr so einiges, was sie bis jetzt gar nicht wusste und auch komplett falsch gemacht hatte. Und schon nach dem dritten Versuch, nachdem er sie theoretisch unterrichtet hatte, klappt es mit dem Abschlag. Überglücklich fällt sie ihm um den Hals und bedankt sich. „Darf ich dich zu einem Drink einladen, nachdem meine Stunde hier beendet ist?", fragt sie ihn.

So treffen sie sich nach einer guten Stunde im Restaurant und kommen bei einem, zwei Drinks ins Plaudern und merken, dass sie viele Gemeinsamkeiten haben. Das Restaurant leert sich immer mehr und bald sitzen sie alleine im Clubhaus. „So, ich sollte dann wohl auch mal unter die Dusche", meint er und verabschiedet sich von Mia, nicht ohne vorher ihre Handynummer erhalten zu haben. Was für ein schöner Ausklang vom Tag, denkt er sich, als er so unter der Dusche, steht als er plötzlich eine Hand auf seinem Hintern spürt und hört, wie eine Stimme sagt: „Schönen Knackarsch hast du." Er dreht sich um und da steht Mia splitternackt vor ihm in der Dusche. „Ich dachte, ich möchte mich doch noch etwas mehr bei dir für deine Hilfe bedanken", sagt sie und schon ist sie in den Knien und sein Schwanz verschwindet in ihrem Mund. Sie bläst ihn, wie er noch nie geblasen wurde, und innerhalb von Sekunden ist sein Lustkolben hart und groß und füllt ihren ganzen Mund. Wie geil ist die denn?, denkt er sich und hält ihren Kopf, damit er seinen Schwanz tief in ihren Rachen stoßen kann. Dann stellt er sie auf und nimmt eine Handvoll Seife in seine Hand und beginnt ihren Körper einzuseifen. Zuerst ihre großen geilen Titten, dann ihren Bauch und bald sind seine Hände zwischen ihren Schenkeln und er seift ihre nasse Spalte tüchtig ein. Sie hat unterdessen ebenso damit begonnen, seinen Körper einzuseifen. Seine breite schöne Brust hinunter zum steil aufragenden Schwanz, den sie liebevoll in die Hand nimmt und sanft wäscht. Beide geilen sich damit auf und er denkt, dass sein Riemen bald platzen wird, so geil ist er." Ich kann nicht anders", sagt er zu ihr, „aber ich muss dich jetzt einfach ficken, du kleine Schlampe." „Ja, das hoff ich doch", entgegnet sie, „dafür bin ich ja zu dir in die Dusche gekommen. Am liebsten hätt ich es schon auf der Drive in Ranch mit dir getrieben." So ein scharfes Luder hatte er schon lange nicht mehr. Sie dreht sich um und streckt ihm auffordernd ihren Hintern entgegen. „Nimm den Eingang, den du gerne möchtest", sagt sie zu ihm. Das lässt er sich nicht zweimal sagen und schon stößt er seine Latte tief in ihren geilen Knackarsch. „Ja, steck ihn tief rein, so lieb ich es", und sofort stößt er sie hart und tief. „Du bist so heiß, ich explodiere gleich, so geil hast du mich gemacht", sagt er. „Dann gib mir deine Belohnung", antwortet sie, kniet sich vor ihn hin und öffnet ihren Mund weit und schon spritzt er ihr seinen heißen Saft aufs Gesicht und in den Mund. „Hm, du schmeckst lecker, ich denke da möchte ich noch mehr", sagt sie zu ihm mit einem Augenzwinkern.

„Dann lass uns zu Ende duschen und zu mir nach Hause gehen, da zeig ich dir gerne mein weiches breites Bett, die Nacht ist ja noch jung …"

Geschichte Nr. 20

Es klingelt an der Tür und schnell schlüpft sie in ihren seidenen Morgenmantel, um die Tür zu öffnen. Der Pizzabote steht mit den bestellten Pizzen davor und lächelt sie verschmitzt an. „Warten Sie, ich hol nur eben das Geld", sagt sie schnell und dreht sich um, um ins Wohnzimmer zu gehen. Er folgt ihr unaufgefordert und stellt die Tasche mit den Pizzen auf den Tisch. Sie sucht ihren Geldbeutel und merkt nicht, wie sich der Gürtel ihres Morgenmantels löst. Als sie den Geldbeutel endlich findet, dreht sie sich rasch zum Pizzaboten um, um ihm das Geld zu geben, als sich ihr Morgenmantel öffnet und er direkt auf ihre beiden großen und straffen Titten sehen kann. Schlagfertig sagt sie zu ihm: „Ja, dann haben Sie das Trinkgeld ja schon in Naturalien bekommen." Sie zwinkert ihm zu, als eine Stimme ruft: „Schatz, sind die Pizzen nun da?" Sie nimmt den verdutzten Boten an der Hand und zieht ihn hinter sich her ins Schlafzimmer, wo ein Mann sich gerade vom Bauch auf den Rücken dreht. Sie schaut von einem zum anderen und sagt: „Ja, und Nachtisch wurde gleich mitgeliefert." Sie beginnt den Pizzamann zu entkleiden und schubst ihn rücklings aufs Bett, um ihm die Jeans besser ausziehen zu können. Der Arme hat bis jetzt noch keinen Ton herausgebracht, aber als sie sieht, wie sich in seiner Unterhose was ziemlich Eindeutiges abzeichnet, weiß sie, dass sie ungeniert weitermachen kann. Sie holt den schon sehr harten Schwanz aus seiner Unterhose und stülpt sofort ihren gierigen Mund darüber und lutscht und leckt ihn aufreizend. Ihr Bettgenosse hat sich unterdessen hinter sie gestellt und schiebt seinen harten Riemen tief in ihre feuchte Muschi. Genau das ist es, was sie nun braucht: zwei Schwänze, die sie glücklich machen. Während sie hart von hinten gefickt wird, leckt und saugt sie an diesem herrlichen Schwanz und massiert derweilen seine prallen

Eier. „So, nun will ich deine geile Zunge an meinem Riemen spüren", sagt ihr Mann und bugsiert sie aufs Bett und legt sie auf den Rücken, kniet sich über ihren Oberkörper und stößt ihr seinen harten Schwanz tief in den Rachen. Unterdessen macht sich der Pizzamann über ihre heiße Möse her, leckt sie tief und stößt immer wieder seine Zunge in ihr heißes Loch. Oh mein Gott, was ist das für ein Fotzenlecker, denkt sie sich, so geil geleckt wurde ich noch nie und sie hebt leicht ihr Becken an, damit er mit seiner Zunge besser ihre Spalte erkunden kann.

Sie wird durch das Verwöhnprogramm der beiden heißen Männer so geil, dass sie nur noch einen Wunsch hat: „Bitte fickt mich in meine beiden Löcher, macht einen Doppeldecker aus mir." Das lassen sich die beiden Hengste nicht zweimal sagen. Zuerst stößt der Pizzamann seinen harten Riemen in ihr geiles Arschloch und dann rammt ihr Mann sie hart in ihre hungrige Muschi. Was für ein Gefühl, so etwas Geiles, beide bewegen sich im gleichen Takt und das Gefühl von Geilheit ist unbeschreiblich für sie. Auch beiden Männern gefällt das anscheinend, denn beide keuchen und stöhnen immer heftiger, bis ihr Mann sagt: „Knie dich hin, du versautes Luder, du bekommst nun deine verdiente heiße Belohnung." Gesagt, getan. Brav kniet sie nun vor den beiden Männern, die jetzt ihren harten Knüppel in der Hand haben und sich wichsen. Sie wartet geduldig mit rausgestreckter Zunge auf ihre Belohnung, die ihr auch prompt fast gleichzeitig auf Gesicht und Zunge gespritzt wird.

Genussvoll leckt sie alles brav auf, was in ihrem Gesicht landet, küsst ihren Mann heiß und innig auf den Mund und den Pizzamann auf die Wange und sagt: „Ich denke, wir brauchen bald mal wieder eine Pizzalieferung, oder was meinst du, mein Schatz??"

Geschichte Nr. 21

Gemeinsam mit ihm durch diesen Laden zu gehen genießt sie immer wieder und jedes Mal beginnt ihre Spalte beim Betreten schon zu kribbeln und feucht zu werden.

Sie wollen heute vor allem mal etwas für ihn einkaufen, vielleicht einen Penisring oder doch mal was zum Anziehen. So schlendern sie eine Zeit lang durch den Laden und schauen sich verschiedene Sachen an. Jedes Mal, wenn sie sich zusammen etwas anschauen, schlüpft seine Hand unter ihren Rock, wo kein Höschen den Weg versperrt und stimuliert ihre schon sehr nasse Spalte oder stößt kurz einen Finger in ihre heiße Grotte.

Da sieht sie eine Korsage, die ihr sehr gut gefällt, und die sie einfach mal anprobieren möchte, um zu sehen, wie sie darin aussieht. Sie nimmt das heiße Teil in Rot und verschwindet in der Kabine. Da die Korsage hinten zugeschnürt werden muss und sie das selber nicht kann, ruft sie ihn zu sich in die Kabine. „Schnür mich mal zu", bittet sie ihn. Da es ein wenig Kraft braucht, damit die Korsage auch richtig fest sitzt und sie nicht aus dem Gleichgewicht geraten will, stützt sie sich an einer Wand mit den Händen ab. Als er die letzte Öse zu hat, drückt er sie ganz an die Wand und befingert ihre heiße Grotte erneut. Dass er sie so nimmt und sie nicht laut stöhnen darf macht ihn geil, er packt seinen harten Schwanz, der eh keinen Platz mehr in der Hose hat, aus und stößt ihn direkt ins versaute Paradies. Mit harten Stößen nimmt er sie und hält ihr mit der einen Hand den Mund zu. Dabei flüstert ihr versaute Worte ins Ohr. So was Geiles hat sie schon lange nicht mehr erlebt und daher dauert's auch nicht lange, bis sie kommt und auch er ist schon kurz vorm Explodieren. Da dreht sie sich um und nimmt seinen harten geilen Schwanz tief in ihren Mund und saugt ihn bis auf den letzten Tropfen aus.

Schnell verschwindet sein Riemen wieder in der Hose, da sie hören, dass sich die Verkäuferin nähert, um zu fragen, ob sie behilflich sein kann. Sie sagt: „Mir gefällt die Korsage sehr, ich kann mich aber nicht entscheiden, ich denke, ich überleg es mir nochmals und sonst komm ich gern noch einmal vorbei und probiere sie nochmals an." Dabei zwinkert sie ihm verschwörerisch zu …

Geschichte Nr. 22

Soeben hat sie alle Kerzen im Zimmer angezündet und zupft nervös an ihrem Outfit herum, als es an der Tür klingelt. Wie sehr hat sie sich auf diesen Abend gefreut und hofft nun, dass sie die richtige Überraschung für ihn gefunden hat.

Er strahlt sie an, als sie ihm die Tür öffnet und er sieht die schöne Atmosphäre, die sie geschaffen hat.

„Komm, setz dich, das Essen ist schon bereit." Er sieht, dass schon ein Schälchen Salat auf dem Teller steht. Sie essen den Salat und unterhalten sich angeregt. Sie räumt den ersten Gang ab und bevor sie den nächsten Gang aufträgt, dreht sie sich um und beginnt ganz langsam ihr Kleid aufzuknöpfen und lässt es ganz langsam zu Boden gleiten. Aufreizend bückt sie sich, um das Kleid aufzuheben, sodass er ihren schönen und üppigen Busen und ihre langen Beine, die in den High Heels noch länger wirken, gut betrachten kann. Dann serviert sie den Hauptgang und er schenkt beiden den bereitgestellten Wein ein. Wieder unterhalten sie sich angeregt, doch sieht sie, dass sein Blick immer wieder zu ihren Titten, die unter einem zarten Spitzen-BH versteckt sind, abschweift. Sie genießt seine Blicke und bewegt sich daher extra aufreizend vor ihm.

Als der Hauptgang beendet ist, und sie wieder den Tisch abräumt, sagt sie mit einem Augenzwinkern zu ihm: „Wenn es dir zu warm ist hier drin, darfst du dich gern auch etwas lockerer kleiden." Dabei öffnet sie ganz langsam den Verschluss ihres BHs und zieht ihn aus. Da sieht er, dass sie sich Nippelkleber auf ihre geilen, immer harten Nippel geklebt hat, dann stellt sie ein Bein auf den Stuhl, sodass er nun auch sieht, dass sie ein Höschen anhat, das im Schritt offen ist, und so sieht er ihre Lustgrotte, die im Kerzenschein schon feucht schimmert. Er öffnet die Knöpfe an seinem Hemd und zieht es rasch aus und seine Hose folgt sofort hinterher. Sie sieht, dass sein schöner geiler Schwanz schon ziemlich groß in der Unterhose liegt.

Sie holt den Nachtisch aus dem Eisfach und den Rahmbläser aus dem Kühlschrank, schaut ihm tief in die Augen und sagt: „Den Nachtisch nehmen wir nicht hier, folge mir."

Keck geht sie vor, direkt ins Schlafzimmer, und er folgt ihr gespannt. Auch das Schlafzimmer ist vom Kerzenschein erfüllt und sie setzt sich rücklings ans Kopfende des Betts.

Sie hat das Eis in der einen Hand und den Rahmbläser in der anderen. Da nimmt sie mit einem Löffel ein großes Stück vom Eis und platziert das zwischen ihren Titten, und mit dem Rahmbläser garniert sie das ganze Arrangement. „Ich wünsche dir schöne Weihnachten", sagt sie zu ihm, „und nun darfst du noch deinen Nachtisch zu dir nehmen." Das muss sie ihm nicht zweimal sagen. Auf allen vieren kriecht er zu ihr und beginnt mit der Zunge das Eis/Rahmgemisch von ihren Titten zu lecken.

„Schmeckt es dir?", fragt sie erregt. „Natürlich, mein Luder, das weißt du doch." „Ja, dann geb ich dir doch noch etwas mehr davon." Und schon hat sie ihre Beine gespreizt und verteilt mit dem Löffel das Eis auf ihrem Venushügel und auch da garniert sie das Ganze mit Rahm, das bis in die schon sehr nasse Grotte läuft. „Du kleine versaute Schlampe", sagt er zu ihr und augenblicklich beginnt er das Eis und den Rahm wegzulecken. „Hm, das schmeckt lecker so mit deinem Saft vermischt. Komm, zeig mir deine ganze Pracht, zieh mit deinen Fingern deine Muschi auseinander, sodass ich dich tief lecken kann."

Er leckt und lutscht an ihrer Spalte und steckt immer wieder tief einen Finger in ihre Lustgrotte. Er weiß genau, dass sie das geil macht. Sie stöhnt und windet sich und spreizt ihre Muschi noch mehr.

„Jetzt gib mir deinen Nachtischstängel, ich will auch meinen Nachtisch haben." Er setzt sich nun ans Kopfende und sie zieht ihm seine lästige Unterhose aus und sofort springt sein herrlicher Schwanz in die Höhe. Sie holt nochmals einen Löffel Eis aus der Schale und verziert den Schwanz mit Rahm. Genüsslich leckt sie ganz langsam den ganzen Schwanz ab, bis er schön sauber ist. „Und jetzt, mein geiler Hengst, darfst du deine Stute so zureiten, wie du es willst."

Geschichte Nr. 23

"Hier die Auskunft, Sie wünschen?" Was für eine sympathische und männliche Stimme, denkt sie sich und antwortet: "Guten Tag, ich bin ganz neu in dieser Stadt und wollte Sie fragen, ob Sie mir vielleicht eine gute Massagepraxis empfehlen könnten. Ich dachte, bei der Auskunft arbeiten eher Frauen und dass mir eine von ihnen eine Empfehlung hätte geben können." "Keine Angst", sagt die sehr angenehme Stimme, "da sind Sie genau richtig bei mir. Was suchen Sie denn genau für eine Massagetechnik, hot stone, klassische oder eher Sportmassage?"

"Also, ich steh eher auf Massagen mit Öl, also Ayurveda", erklärt sie ihm. "Aha, Sie lieben also das Gefühl des Öls auf Ihrer Haut und wie es sich auf dem Körper verteilt?", fragt er. Flirtet er jetzt mit mir oder was soll die Frage?, denkt sie sich, antwortet aber: "Ja, genau das Gefühl ist sehr erregend, oh Pardon das ist mir jetzt so rausgerutscht", sagt sie schnell und errötet leicht und ist froh, dass er sie nicht sehen kann. "Das macht doch nichts, ist Ihre ehrliche Meinung und das stimmt ja auch sicher so. Wenn ich Sie fragen darf, wo werden Sie denn am liebsten massiert, Rücken, Beine oder Arme?" Was fragt er mich denn solche Sachen?, denkt sie schon wieder, antwortet aber zu ihrem eigenen Erstaunen: "Am liebsten Rücken und Po." "Dann mögen Sie es, wenn das Öl von ihrem Rücken aus in die Pospalte fließt und dort ein wohliges Gefühl erzeugt?", fragt er keck. Das geht doch irgendwie zu weit, dass er mir solche Fragen stellt, denkt sie sich, aber seine Stimme ist so sexy und männlich, dass sie nicht anders kann und ihm antwortet: "Ja genau, auf dieses Gefühl steh ich, und wenn dann noch sanft das Öl vom Ende des Rückens über den Po und weiter verteilt wird, finde ich das sehr angenehm." "Dann stellen Sie sich nun mal vor, dass ich das bei Ihnen machen würde. Zuerst massiere ich Ihre Schultern, gieße dann genügend Öl über Sie und massiere weiter den Rücken entlang hinunter zu Ihrem knackigen Po, nehme ich mal an, nach ihrer Stimme zu urteilen. Und dann massiere ich sanft diese zwei herrlichen Pobacken und einer meiner Finger wird dann sicher auch den Weg zwischen diese Backen finden." Er hört ein leises Stöhnen in seinem Telefonkopfhörer und spricht schnell weiter: „Dann drück ich Ihre Pobacken auseinander und fahre nur mit einem Finger ganz langsam durch ihre Ritze, natürlich nur um das Öl schön und sanft zu verteilen." Das Stöhnen wird immer heftiger in seinem Kopfhörer und er erzählt weiter: „Da es Ihnen gefällt, wie ich meinen Finger in der Spalte bewege, spreizen Sie Ihre Beine weit auseinander, sodass ich nun Ihre Grotte mit beiden Händen massieren kann." Im Kopfhörer hört er sie nach Luft schnappen und laut stöhnen. „Sie würden mir eine Freude machen, wenn Sie das, was ich Ihnen hier sage, gleich an sich ausführen würden, so hätten Sie was davon und ich auch. Also spreizen Sie Ihre Beine und fahren Sie sich mit ihren Fingern durch Ihre Spalte. Ich denke doch, die ist schon ganz schön feucht oder irre ich mich?" Sie kann nicht mehr anders als mitzumachen, weil der Typ sie nun schon so geil gemacht hat, dass sie überhaupt nicht aufhören will. „Ja, die ist schon schön feucht wenn nicht schon nass und triefend." „Prima, dann werde ich meine Massage nun noch etwas ausdehnen und mich zu Ihrem zweiten Loch weiter vorarbeiten, auch das mag Öl sehr gerne, denke ich doch, was meinen Sie?" „Ja, das stimmt, das mag es sogar sehr", antwortet sie unter heftigem Stöhnen. „Dann steck ich nun einen meiner öligen Finger in ihr kleines Poloch und zwei der anderen Finger in ihre nasse Muschi. Gefällt Ihnen das??" Er hört nur noch Stöhnen und Keuchen und merkt, dass sie kurz vor dem Orgasmus ist. „Jetzt bewege ich meine Finger immer heftiger in Ihnen, Sie kleine geile Schlampe, denn ich denke, das sind Sie, oder??" „Ja, ja!", stöhnt sie in den Hörer. Er weiß jetzt nicht genau, ob das ein Ja auf seine Frage war oder ob das zu ihrem Orgasmus gehört, den sie anscheinend gehabt hat. Als er merkt, dass sie wieder reden kann, sagt er ihr: „Also, eine gute Massageadresse ist die Sonnenhofstraße, was meine Adresse ist und ich würde das gerne in natura mit Ihnen machen und noch viel mehr, und wenn Sie wollen, dann zeig ich Ihnen auch noch gern unsere Stadt, da Sie ja neu hier sind." „Sehr gerne", antwortet sie noch etwas erschöpft, „aber ich denke, zuerst würde ich doch gerne ihre Hände auf und in mir spüren, und vielleicht sonst noch was, das gerne in mir sein möchte …"

Geschichte Nr. 24

Ja, wenn du meinst, du musst wieder mit deiner Frau in den Urlaub fahren und nicht wie schon so oft versprochen mal mit mir, dann werde ich mich so amüsieren wie du in deinem Urlaub. So denkt sie, als sie ihre alte Adressliste hervorholt und die Anschriften zu studieren beginnt. Bei dem einen oder anderen Namen auf der Liste huscht ihr ein Lächeln übers Gesicht. Also, dann versuch ich mal mein Glück, denkt sie und wählt schon die erste Nummer. Das macht sie die nächsten zwei Stunden und hat mal längere, aber auch kürzere Gespräche, viele alte Erinnerungen kommen hoch. Und nun hat sie doch noch spontan ein Treffen ausmachen können und das ausgerechnet mit ihrem liebsten Schwarm von damals.

Sie schmeißt sich in Schale und verwendet doch ein wenig mehr Zeit mit dem Schminken, sie will ihm ja doch auch immer noch gefallen. Sie treffen sich in einer kleinen Bar ganz in ihrer Nähe. Mit etwas Herzklopfen betritt sie die Bar und sieht ihn sofort: Lässig lehnt er an der Bar und hat den Eingang im Blick. Sie begrüßen sich herzlich und setzen sich dann an einen kleinen Tisch in der Ecke der Bar. Angeregt unterhalten sie sich zuerst über Belangloses und dann über die Zeiten von damals. Er gesteht ihr, dass er sie nie vergessen hat und sie ihm immer wieder in den Sinn kommt. „War schon eine geile Zeit mit dir", sagt er sanft und legt ganz nebenbei eine Hand auf ihren Oberschenkel. „Ja, auch ich denke immer mal wieder an dich." Während sie das sagt, merkt sie, dass seine Hand unter den Saum ihres Kleides gleitet und sich nun Richtung ihrer Spalte bewegt. Sofort schießt ihr die Nässe in ihre Grotte und sie kann es kaum erwarten, dass seine Finger ihr Ziel erreichen. Sie schaut ihm tief in die Augen und flüstert: „Ein Verführer warst du schon immer und hast es anscheinend nicht verlernt." Ganz langsam setzt sie sich so hin, dass er nun ungehindert Zugang zu ihrer hungrigen Spalte hat. Erfreut stellt sie fest, dass sich in seiner Hose sein herrlicher Schwanz beginnt aufzubäumen. „Ich sehe, da will noch jemand mitspielen, so wie sich deine Hose ausbeult", sagt sie und streicht ganz ungeniert über seine Ausbeulung und stöhnt ihm leise ins Ohr: „Lass uns zahlen, ich wohn ganz in der Nähe, wär doch schade, wenn dein kleiner Freund Atemnot in der Hose bekäme."

Wie zwei ausgehungerte Teenager fallen sie, kaum ist ihre Wohnungstür ins Schloss gefallen, übereinander her. In Windeseile haben sie sich gegenseitig ausgezogen und beginnen nun, sich zu vergnügen.

Er schubst sie aufs Sofa, hebt ihre Beine hoch und kniet sich dann hin, um ihre nasse Spalte zu lecken. Langsam, als würde er ein Eis schlecken, fährt seine Zunge durch ihre Spalte. „Du schmeckst immer noch so gut, wie ich es in Erinnerung hab", sagt er zu ihr und schon ist seine Zunge wieder in ihrer Muschi verschwunden und bearbeitet sie genussvoll. Sie stöhnt und genießt seine Zuwendung. „Nun komm, lass mich mal ausprobieren, ob sich dein schöner kleiner Freund auch noch an mich erinnert." Er stellt sich breitbeinig vor sie hin und sein Lustspender steht wie eine Eins. Zuerst ganz zärtlich beginnt sie seine Eichel zu lecken und genießt jede Regung seines herrlichen Schwanzes. Dann nimmt sie dieses Prachtexemplar ganz langsam immer tiefer in ihrem Mund auf und leckt und saugt daran und dabei wird sie immer geiler. „Du bist immer noch so versaut wie damals", sagt er zu ihr und knetet dabei ihre prallen Titten und zwickt hin und wieder einen Nippel. „Das magst du doch hoffentlich immer noch, meine Süße?", fragt er sie. „Oh ja und wie, schön dass du dich noch daran erinnerst", raunt sie. „Zeig mir dein Schlafzimmer und deine Lustwiese. Ich muss dich vögeln, du machst mich so scharf." Sie steht auf, nimmt ihn an der Hand und führt ihn in ihr Schlafzimmer. Er kann sich nicht mehr zurückhalten und stellt sie an den Wandschrank und stößt ihr hart und geil seinen Riemen von hinten in die Muschi. „Entschuldige, aber ich muss dich jetzt einfach ficken, du bist so eine geile

Schlampe und machst mich wahnsinnig." Er stößt sie heftig und hart, so wie sie es mag und beide kommen zur gleichen Zeit in einem heftigen Orgasmus. Als sie sich ein wenig erholt haben, sagt sie zu ihm: „Genauso wollt ich es und ich denke, nachdem wir zusammen geduscht haben, werden wir das Bett sicher noch genügend auskosten …"

Geschichte Nr. 25

Langsam gehen alle Leute, die heute die Sonne und das Wasser am See genossen haben, nach Hause. Das ist die Zeit, die sie genießt, wenn nur noch wenige Leute da sind, dann geht auch sie endlich zum Schwimmen ins Wasser. Das Wasser kühlt ihren aufgeheizten Körper ab und sie schwimmt mit großen Zügen Richtung Floß, das an der Badeanstalt vertaut ist. Ich bin doch nicht mehr ganz so fit, denkt sie sich, als sie schwer atmend beim Floss ankommt. Sie legt sich kurz hin, um ein wenig zu verschnaufen. Plötzlich merkt sie, dass sich ein Schatten über sie legt. Sie öffnet die Augen und blickt auf einen tadellosen braun gebrannten Männerkörper. „Stört es Sie, wenn ich mich zu Ihnen legen würde?", fragt der Fremde. „Das Floß ist doch groß genug, Sie finden bestimmt einen Platz, ohne direkt neben mir liegen zu müssen", gibt sie ein wenig schnippisch zurück. „Wissen Sie, wenn ich eine Frau alleine sehe, weckt das in mir den Beschützerinstinkt und ich wollte Sie nur ein wenig beschützen, aber ich merke, Sie sind bissig genug, sich selbst zu verteidigen", kontert er. „Entschuldigen Sie, ich wollte nicht so zickig rüberkommen, ich wollte hier nur rasch ein wenig die Sonne genießen und dann weiter nach draußen schwimmen." „Entschuldigung angenommen", sagt er und setzt sich neben sie. „Darf ich Sie dann ein wenig beim Schwimmen begleiten?", fragt er mit einem breiten Lächeln. „Ja, sicher doch", antwortet sie, „wer weiß, vielleicht taucht ja ein Seeungeheuer auf und ich bin froh um Ihren Schutz." Beide schwimmen danach ein Weilchen schweigend nebeneinander her. Plötzlich stößt sie einen kleinen Schreckschrei aus. „Was ist", fragt er, „ein Seeungeheuer?" „Nein, viel schlimmer", sagt sie, „ich hab mein Bikinioberteil verloren." Er schaut sie an und lacht. „Ja, dann werde ich es wohl retten müssen", und ist schon kopfüber im Wasser verschwunden. Nach kurzer Zeit taucht er wieder auf und hält triumphierend ihr Oberteil in der Hand. „Ich danke Ihnen, jetzt hat sich Ihr Begleitschutz doch schon ausgezahlt." Umständlich versucht sie, ihr Oberteil im Wasser wieder anzuziehen. „Darf ich Ihnen helfen, sonst gehen Sie mir noch unter", meint er lachend. Als er ihr Oberteil versucht zuzubinden, meint er: „Um ganz ehrlich zu sein, finde ich das kleine Stück Stoff, das Ihre wunderschönen Brüste bedeckt, sehr hinderlich. Ich hab beim Auftauchen Ihre schönen Brüste gesehen und ich wollte sie einfach nur berühren, genau so …" Und während er das sagt, umfasst er von hinten mit beiden Händen ihre Titten und beginnt sie zu kneten. Sie war von seinem Vorgehen zuerst überrumpelt und eigentlich wollte sie ihn zurechtweisen, aber statt einer Zurechtweisung kommt nur ein Stöhnen aus ihrem Mund. Er zwirbelt an ihren Nippeln und massiert ihre empfindsamen Titten so gekonnt, dass ihr auch sofort die Hitze in die Möse fährt. „Lehn dich an mich", flüstert er ihr ins Ohr, „und entspann dich und genieß meine Hände." Das braucht er ihr nicht zweimal zu sagen, zu schön sind seine Berührungen. Als sie sich so an ihn anlehnt, spürt sie seinen schon sehr harten Schwanz im Rücken und genießt mit geschlossenen Augen seine Tittenmassage, während ihre Hand seinen Schwanz sucht und ihn durch die Badehose streichelt. „Ich denke, wir sollten zum Floß zurück", flüstert er ihr ins Ohr. Nur widerwillig löst sie sich aus seinen Armen, und mit kräftigen Zügen schwimmen sie zum Floß zurück. „Setz dich auf die Leiter, meine Schöne, und zeig mir dein Paradies." Sie setzt sich vor ihm hin, schiebt ihr Höschen zur Seite und zeigt ihm ihre glattrasierte Lustgrotte. Sofort versenkt er seine Zunge in der Spalte und leckt sie genüsslich. Hin und wieder steckt er seine Zunge in ihre Muschi und er schmeckt ihren Saft auf der Zunge. „Lass mich nun auch dich kosten", meint sie nach einer Weile, „ich will dein Prachtstück auch kennenlernen." Nun sitzt er auf der Leiter und holt seinen gewaltigen Riemen aus der Badehose. „Wow", entfährt es ihr, „was für ein schöner, geiler Anblick", sagt sie und schon stülpte sie ihren gierigen Mund über seinen harten Schwanz. Sie leckt und saugt an ihm und wird dadurch immer geiler, sodass sie sich eine Hand in ihre Badehose schiebt und ihre nasse Muschi zu massieren beginnt. „Du bist ja ein geiles Luder", meint er und zieht sie aus dem Wasser, um sie hart auf den Mund zu küssen. Seine Küsse werden immer fordernder und er merkt, dass auch das sie nur noch geiler macht. „Leg dich aufs Floß", sagt sie zu ihm, ich will dich reiten. Das braucht sie ihm nicht zweimal zu sagen und er legt sich nackt mit steil aufragendem Schwanz aufs Floß. „Komm, meine Reiterin, zeig mir einen wilden Galopp." Sie setzt sich sofort auf seinen Speer und beginnt einen wilden und heißen Ritt darauf. Ihre Titten wippen dabei schwungvoll auf und ab und er umfasst sie mit seinen Händen und zwirbelt ihre Nippel. Da beide ziemlich aufgeheizt sind, dauert es nicht lange und beide kommen fast gleichzeitig zu ihrem Höhepunkt. Erschöpft legt sie sich auf seine Brust und sagt: „Wow, so kann es also sein, wenn man einen Beschützer bei sich hat. Lass und zurückschwimmen, ich hab bei meinem Ritt gesehen, dass niemand mehr in der Badeanstalt ist, vielleicht hilfst du mir ja auch noch beim Duschen und wäschst mir den Rücken", meint sie keck und springt mit einem Kopfsprung ins Wasser…

Geschichte Nr. 26

Mit einem mulmigen Gefühl betritt sie ihre kleine, einst einmal sehr schöne und gemütliche Wohnung. Der Brand hat fast alles zerstört und was das Feuer nicht geschafft hat wurde durch das Löschwasser unbrauchbar. Sie ist froh, dass der nette Feuerwehrmann sie begleitet, damit sie nachsehen kann, ob vielleicht doch noch etwas zu gebrauchen ist.

Vorsichtig geht sie hinter dem Feuerwehrmann her und schaut nach Gegenständen, als sie plötzlich an etwas hängen bleibt und fast gestürzt wäre, hätte der aufmerksame Feuerwehrmann nicht sofort reagiert und sie aufgefangen. Er hatte sowieso nur Augen für die Frau gehabt. In ihrem engen Kleid, das nicht nur ihre tolle Figur betont, sondern auch ihre großzügigen Titten, sah sie einfach hinreißend aus. So ist er sofort zur Stelle, als er sieht, dass sie ins Straucheln gerät. Er fängt sie auf und wie zufällig streifen seine Hände ihren üppigen Vorbau. Als sie sich von ihrem ersten Schrecken erholt hat, merkt sie, dass die Hände des Feuerwehrmannes immer noch auf ihren Titten liegen und sogar ganz sanft massieren. Sie schließt die Augen und genießt das Gefühl und das Prickeln, das sich in ihrer Spalte breitmacht. Er merkt, dass sie anscheinend seine Berührungen genießt und macht daher mit etwas mehr Druck weiter. Nun knetet er ihre geilen Glocken und sie stöhnt aufreizend dazu und bewegt ihren Unterleib, sodass sich ihr Po an seiner Hose reibt, wo sich sein Schwanz zu seiner Fickgröße entwickelt. Abrupt stellt er sie auf die Beine, dreht sie um und küsst sie leidenschaftlich und fordernd, während eine Hand ihr Kleid hochschiebt und sich den Weg zu ihrer Lustgrotte sucht. Erstaunt stellt er fest, dass sie kein Höschen anhat. Schön, denkt er, ein Hindernis weniger und schon taucht sein Finger in die warme, nasse Lustspalte ein. Sie befreit unterdessen seinen Lustknüppel aus der engen Hose und beginnt ihn zu massieren. Beide machen sich gegenseitig so richtig geil. Sie geht nun in die Knie und nimmt den wundervollen Prachtkerl in ihren Mund auf. Lutscht und saugt an ihm und krault dazu seine prallen Eier. Er ist kurz vor dem Abspritzen, da stellt er sie wieder auf, dreht sie um und hebt sie ein wenig hoch und sticht sein hartes Schwert tief in ihre nasse Muschi hinein. Drei, vier Stöße und schon ergießt er sich in diese Grotte. Nach einer kurzen Verschnaufpause sagt sie zu ihm: „Ja, mein Feuer ist erst entfacht und ich denke, ich brauch da einen geübten Feuerwehrmann, der dieses Feuer bekämpfen kann", nimmt ihn an der Hand und geht mit ihm ins Hotel, wo sie zurzeit wohnt. Nach Gegenständen suchen, die sie vielleicht noch gebrauchen kann, kann sie auch später noch, jetzt will sie nur ihre Lust gestillt haben

Geschichte Nr. 27

Nach einer schönen Runde Golf nun noch einen feinen Drink an der Bar zu sich nehmen und eine wunderschöne Frau neben sich, was wünscht man sich mehr? Sie genießen ihren Urlaub in vollen Zügen und am liebsten würde er noch eine Woche dranhängen, aber leider geht's morgen wieder nach Hause. Daher ist er in der Stimmung, noch einen Drink zu bestellen. Die nette Kellnerin flirtet mit ihm, das ist ihm schon während des ganzen Urlaubs aufgefallen und heute hat er Lust, auf das Flirten einzugehen. Die Stimmung an der Bar wird immer ausgelassener, je länger der Abend dauert. Die Gespräche werden immer intimer und anzüglicher und plötzlich liegt Begierde in der Luft. Was ihn am meisten erregt ist, dass er merkt, dass auch seine Frau auf dieses Gefühl und die Flirterei eingeht. Als die Bar schließt und die Stimmung immer heißer wird, gehen die drei ganz selbstverständlich aufs Zimmer. Langsam beginnen sie sich gegenseitig auszuziehen und tauschen währenddessen heiße Küsse aus. Bald liegen alle auf dem Bett, streicheln und berühren sich, bis man die Geilheit im ganzen Zimmer spürt. Er beginnt seine Frau an der Muschi zu lecken, während die Bardame Liu sich mit seinem Schwanz anfreundet. Sie lutscht und saugt an ihm, verwöhnt ihn mit kleinen Knabbereien rund um seine Eichel und nimmt ihn dann plötzlich ganz tief in ihren Mund auf. Sofort reagiert sein Prachtschwengel und nimmt an Größe und Härte zu. Sie saugt noch intensiver an diesem Prachtexemplar und lässt ihren Speichel über diesen herrlichen Schwanz fließen. Bald schon leckt Liu die Spalte seiner Frau, während er nun die geile Muschi von Liu von hinten mit seinem Schwanz ausfüllt und sie ziemlich hart durchvögelt. Doch bevor er jetzt schon abspritzt, zieht er seinen harten Riemen wieder heraus und sagt zu den beiden Frauen: „Nun lasst mich mal zuschauen, wie ihr euch gegenseitig verwöhnt." Er schaut genüsslich zu, wie sich die beiden Frauen gegenseitig ihre nassen Mösen lecken. Ihr Gestöhne macht ihn geil und lässt seinen Fickknüppel nochmals hart anschwellen. Er stellt sich vor eine der beiden hin und wartet, bis sie brav ihren Mund öffnet, damit er ihr seinen Riemen tief in den Rachen schieben kann. Bald knien beide vor ihm und er vögelt sie abwechseln tief in ihren Rachen. „Nun ist es Zeit, dass ich geritten werde", sagt er zu „seinen" Damen und legt sich auf den Rücken. Während seine Frau sich sofort auf seinen harten Freudenspender setzt, kniet Liu sich so hin, dass er ihre feuchte Spalte lecken und Liu währenddessen die Titten seiner Frau saugen kann. Immer wieder wechseln sie ihre Stellungen und verwöhnen sich ohne Hemmungen. Was bin ich doch für ein Glückspilz, denkt er sich und das zum Abschluss sehr schöner Ferientage hier. Ich denke, nächstes Jahr werden wir wiederkommen und hoffentlich arbeitet Liu dann noch hier und dann werden wir nicht bis zum letzten Tag warten …

Geschichte Nr. 28

Noch diese eine Kundin und dann ist sein erster Arbeitstag in der neuen Praxis zu Ende. Er bereitet gerade die Tücher vor, als er hört, wie die Kundin eintritt. „Machen Sie sich bitte frei und legen Sie sich schon mal auf die Liege. Ich bin gleich bei Ihnen", ruft er ihr zu. Als er den Raum betritt, liegt eine junge Frau mit einer Hammerfigur auf dem Massagetisch. Wow, so kann von mir aus jeder Tag zu Ende gehen, denkt er sich. Sofort beginnt er mit seiner Massage und konzentriert sich auf seine Arbeit. Wenn nur alle meine Kundinnen so eine Figur hätten, denkt er sich, dann würd ich jeden Tag Überstunden machen. Als er ihre Oberschenkel massiert, hat er das Gefühl, als würde seine Kundin ihre Beine immer etwas weiter auseinander halten. Als seine Hände sich ihrem Schritt nähern und er da sanft massiert, hört er ein leises Stöhnen von ihr. Anscheinend gefällt ihr meine Massage und nimmt sich darum etwas mehr Zeit für die Oberschenkel. Als er den zweiten zu massieren beginnt, öffnet sie ihre Beine weiter und sagt: „Ich glaube, ich bin da zwischen meinen Beinen auch etwas verkrampft, können Sie mich da auch ein wenig massieren?" Erstaunt schaut er sie an, da sie nun den Kopf ein wenig zur Seite gedreht hat, damit er sie auch gut versteht. Ein hübsches junges Gesicht schaut ihn an und er kann nur leicht nicken, so sehr ist er von ihr fasziniert.

Er nimmt nochmals etwas Öl in seine Hand und beginnt sie ganz zu massieren, zuerst nur die Umrandung mit den Schamlippen, sofort spreizt sie ihre Beine noch weiter auseinander. Er deutet das als Einladung doch etwas tiefer zu gehen und das macht er noch so gerne. Er massiert ihren Kitzler und merkt, dass nicht nur Öl in der Spalte ist, sondern auch ihr Saft ihm entgegenläuft. Anscheinend macht er seine Sache gut, denn sie stöhnt nun immer heftiger und hebt ihm ihren Arsch entgegen. Dass das Ganze in seiner Hose natürlich nicht spurlos vorübergeht kann man sich denken. Sein Schwanz liegt hart und steif in seiner Trainingshose und würde gerne diese geile saftige Möse beglücken. Als könnte sie seine Gedanken lesen, sucht ihre Hand den Weg zu seinem Hosenbund. Heute ist er froh, dass sie in dieser Praxis so leichte Trainingshosen tragen. Sofort verschwindet ihre Hand in der Hose und beginnt den harten Knüppel zu massieren. Er massiert unterdessen mit viel Gefühl ihre saftige Muschi weiter und hin und wieder lässt er einen Finger in sie hineingleiten.

Da setzt sie sich auf und er sieht, dass sie zwei herrliche Titten hat, die sie ihm nun keck entgegenstreckt und ihn so auffordert, ihre harten Nippel zu lecken. Mit beiden Händen nimmt er die prallen Dinger in die Hand und saugt mal an dem einen Nippel, dann am anderen. Da hüpft sie vom Tisch, zieht direkt seine Hose herunter und macht sich über seinen Fickknüppel her, während sie mit einer Hand seine prallen Eier krault. Kurz bevor er explodiert, hebt er sie hoch, setzt sie auf den Tisch und spreizt ihre Beine so, dass nun ihre ganze Pracht vor ihm liegt. Er verschwindet zwischen ihren Beinen und leckt und saugt diese nasse Möse und steckt hin und wieder seine Zunge und ihre Grotte. Nach einer Weile steht er auf und stößt ihr seinen harten Riemen tief in die feuchte Muschi und vögelt sie tief und fest. Beide kommen fast zur gleichen Zeit und er zieht seinen Schwanz aus ihrer Grotte und spritzt seinen Saft über ihre Fotze. Außer Atem fragt sie ihn mit einem Augenzwinkern: „Du gefällst mir, machst du auch Hausbesuche??"

Geschichte Nr. 29

Sie ist ganz aufgeregt, nun hat sie ihn zwei Wochen nicht mehr gesehen und ist sehr gespannt, was er zu ihrer Überraschung sagen wird.

Das neue Dessous sitzt perfekt und so wartet sie auf ihrem breiten Bett auf ihn. Er betritt das Schlafzimmer, nachdem er sie in der ganzen Wohnung nicht gefunden hat und blickt direkt in ihre schöne Muschi. Sie sitzt mit gespreizten Beinen auf ihrem Bett und ermöglicht ihm diesen herrlichen Einblick. Doch was funkelt denn da zwischen den prallen Schamlippen? Er schaut wie gebannt auf das silberne Ding, das da zwischen ihren Lippen hervorlugt. Er schaut in ihre Augen und sieht den Schalk darin und das Leuchten. Hat sie sich wirklich während seiner Abwesenheit ein Piercing stechen lassen? Wie geil ist diese Frau?, denkt er sich und begrüßt sie zuerst einmal mit einem langen leidenschaftlichen Kuss, der immer fordernder wird und sie aufheizt. Seine Finger tasten nach ihrer Spalte, um das silberne Ding zu berühren. Es ist ein Ring und er zieht ein wenig daran und sofort stöhnt sie auf. Sie hat es sich genau so vorgestellt, dass er sich an ihrem speziellen Schmuck freut und sie nun zur Belohnung so richtig verwöhnt. Sie hat noch nie gesehen, dass er sich so schnell entkleidet hat und schon ist sein Kopf zwischen ihren Schenkeln und seine Zunge ertastet den Ring. Sacht leckt er daran und nimmt ihn in den Mund. Was für ein unbeschreiblich geiles Gefühl ist das, denkt sie sich und genießt seine Liebkosungen in ihrer Spalte, die nun immer feuchter wird. Das Saugen und hin und wieder mit den Zähnen am Ring ziehen macht sie noch geiler, sie hätte nie gedacht, dass es so geil werden würde. Doch nun will sie seinen so sehr vermissten Schwanz endlich auch begrüßen. Und so blasen und lecken sie sich in der 69 Stellung. Sie glaubt, fast zu vergehen, so geil ist sie durch seine Zungenfertigkeit in ihrer Spalte und wird immer nasser, sodass ihr Saft ihm in den Mund läuft. Auch er hat ihre immer hungrige Muschi vermisst und genießt es, sie so zu verwöhnen, während seine eine Hand ihre Titten massiert. Dann dreht er sie in die Hündchenstellung und rammt ihr seinen harten großen Schwanz tief in ihre Grotte. Nach 4einigen harten Stößen ergießt er sich in ihre Lustgrotte. Sie liegen nun nebeneinander und er beginnt sofort mit dem Ring in ihrer nassen Muschi zu spielen. Er merkt, dass sie schon wieder (oder immer noch) geil ist und so treibt er sie mit seinen Fingern in der Spalte und ihrem versauten Loch zu einem weiteren Orgasmus. Als sie dann auch mehr als befriedigt in seinem Arm liegt, haucht er ihr ein „Danke für die schöne und sehr geile Überraschung" ins Ohr. Beide freuen sich auf weitere geile Momente und der Ring in der Muschi hilft da sicher mit …

Geschichte Nr. 30

Schon das dritte schöne Wochenende, wo sie ihren Balkon genießen kann. Endlich ein Balkon, wo sie sich schön bräunen lassen kann, das hatte sie schon lange gesucht. Sie döst so vor sich hin und genießt die warmen Sonnenstrahlen auf ihrer Haut, als es an der Wohnungstür klingelt. Wer kann das sein?, fragt sie sich, ich erwarte niemanden. Sie geht in ihrem Bikini zur Tür und öffnet diese nur einen Spalt. „Entschuldigen Sie, dass ich Sie störe, ich bin Ihr Nachbar vom Nebenhaus. Ich sehe Sie nun schon das dritte Mal auf Ihrem Balkon beim Sonnenbaden und sehe, wie Sie sich abmühen, sich den Rücken selbst einzucremen. Und da dachte ich mir, sei mal ein guter Nachbar und hilf der Dame." Etwas verdutzt betrachtet sie den Mann, so etwas ist ihr noch nie passiert und irgendwie gefällt ihr seine Spontanität und auch sonst gefällt ihr der Mann sehr gut. Eigentlich genau ihr Geschmack, groß, dunkelhaarig und gut aussehend. Sie fragt keck: „Und jetzt meinen Sie, ich öffne meine Tür und lass Sie rein?"
„Natürlich werden Sie das, Sie wollen doch Ihren schönen Rücken gerne sachgemäß eingecremt haben, oder irre ich mich da?"
„Sie sind ganz schön von sich überzeugt, aber wenn Sie schon mal da sind, warum nicht." Sie öffnet ihm die Tür und meint: „Da Sie nun mein offizieller Rückeneincremer sind, wär es nett, wenn ich Ihren Namen erfahren dürfte." „Oh ja natürlich, ich bin Tom und du bist?" „Ich bin Katja. Also, Herr der Sonnencreme, dann mach dich mal an die Arbeit", und schon hat sie sich bäuchlings auf ihren Liegestuhl gelegt. Sofort nimmt er die Sonnencreme zur Hand und beginnt sanft ihren Rücken einzucremen. „Es würde besser gehen, wenn du dein Oberteil öffnen würdest", meint er. „Ja, dann mach, und denk daran schön verteilen", sagt sie lachend. Schon hat er den Verschluss des Bikinioberteils geöffnet und streicht nun die Sonnencreme großzügig

über den gesamten Rücken. „Daran könnt ich mich gewöhnen", meint sie und genießt seine Hände auf ihrer Haut. Sie merkt, wie ihr Körper auf diese Berührungen zu reagieren beginnt. In ihrer Spalte sammelt sich ihr Saft und ihre Titten möchten berührt werden. Als würde er es spüren, schiebt er ihr Höschen etwas nach unten, mit der Begründung, damit es keine roten Streifen gibt. Sofort wird ihre Muschi noch nasser und sie hat Angst, er merkt, wie erregt sie durch seine Massage wird. Da sind seine Hände auch schon unter sie gefahren und massieren wie selbstverständlich ihre Titten. Sie kann sich ein Stöhnen nicht mehr verkneifen und so verstärkt er den Druck auf diese Prachtdinger. „Das wollte ich schon, seit ich dich das erste Mal von meinem Balkon aus gesehen hab. Du hast einen tollen Körper, der danach schreit, verwöhnt zu werden. Du bist eine heiße Frau und jetzt, wo ich dich vor mir hab, werde ich dich so rasch nicht wieder loslassen", und schon ist eine Hand in ihrem Höschen verschwunden und massiert ihre feuchte Möse. Sie stöhnt und windet sich vor Geilheit und meint: „Ich denke, damit nicht auch die anderen Nachbarn etwas mitbekommen, sollten wir wohl ins Schlafzimmer wechseln." Sofort hebt er sie hoch und trägt sie ins Schlafzimmer, wo er sie auf den Rücken legt und ihr umgehend das Bikinioberteil abnimmt, um ihre strammen Titten zu massieren. Sie genießt seine Berührungen und sieht, dass sich in seiner Hose mächtig was regt. Sie zieht seine Jogginghose runter und sofort springt ein herrlich schöner, harter Schwanz in die Höhe. „Oh, was für ein Prachtexemplar!", meint sie und beginnt nun diesen zu massieren. „Das mag er sehr, wenn er so behandelt wird", meint Tom und fährt mit einer Hand durch ihre nasse Muschi und leckt den Saft genüsslich ab. „Du schmeckst nach mehr" – und schon massieren seine Finger ihre Lustgrotte und stoßen hin und wieder in sie hinein.

„Nun lass mich auch mal mein Vergnügen haben." Sie setzt sich auf und nimmt nun diesen harten Schwanz in ihren gierigen Mund, sie lutscht und saugt an ihm, als hätte sie schon ewig keinen Schwanz mehr in ihrem Mund gehabt. Sie streicht dabei unterdessen sanft mit ihren Fingern über seine Eier, die dick gefüllt sind. „Hmm, dein geiler Freund gefällt mir", sagt sie zu Tom und saugt ihn auch gleich ganz tief in ihren Rachen. „Du bist der Wahnsinn, mich hat noch nie eine Frau so geblasen wie du." „Das ist, weil du mich so geil massiert hast, das macht mich unsagbar geil und dein Schwanz ist so schön, der muss so geblasen werden." „Komm, dreh dich, du geile Stute, ich will dich von hinten vögeln. Sofort gehorcht sie ihm und streckt ihm ihren Arsch entgegen. „Dann ramm mich mal und das tief, so mag ich es", meint sie und wartet, bis er heftig in sie stößt. „Jaja, du geiler Bock, genau so, fest und hart!", schreit sie und er kommt ihrem Wunsch nur allzu gerne nach, macht ihn diese Frau doch nur geil. Dann explodieren beide zur gleichen Zeit und er spritzt ihr seine ganz Ladung tief in ihr Loch. „Das war der Hammer", sagt sie, „ich glaube, ich Buche dich nun jedes Mal, wenn ich eingecremt werden muss oder noch besser wenn ich gevögelt werden will …"

Geschichte Nr. 31

Schon sehr aufgeregt sitzt sie in der Sauna und hofft, dass er nun endlich eintritt und sich neben sie setzt und nicht die fremden Männer, die sich kurz nachdem sie die Sauna betreten hat, sich nun auch in die Sauna begeben haben. Der eine läuft ihr, seit sie in den Club gekommen ist, wie ein Hündchen nach. Da öffnet sich die Tür erneut und endlich erblickt sie seinen schönen Körper und sein schönes Gesicht. Er setzt sich neben sie und sofort verschwindet eine Hand zwischen ihren Beinen und er flüstert ihr ins Ohr: „Ich muss doch prüfen, ob es schon schön feucht ist in deiner Grotte." Erfreut sieht sie, dass bei der Berührung ihrer Möse sein Schwanz sofort größer wird und schon stülpt sie ihren Mund über seinen herrlichen Fickstängel und sagt, als sie kurz innehält: „Und ich muss doch schauen, dass es ihm gut geht und bereit ist, meine Höhle zu erforschen." Aus den Augenwinkeln heraus sieht sie, dass die beiden anderen Männer, die ihr nachgegangen sind, wichsend zuschauen, wie sie den Schwanz bearbeitet. Das macht sie geil, wenn sie weiß, das andere zuschauen, aber sie nicht berühren dürfen. Sie sollen sehen, wie gern sie diesen herrlichen Schwanz bläst und er durch die „Behandlung" nun zu seiner harten Größe angewachsen ist.

„Ich muss mich nun schon etwas abkühlen", sagt er, „und ich muss auch noch etwas einnehmen", sagt er augenzwinkernd zu ihr und so verlassen sie gemeinsam die Sauna (und eigenartigerweise die beiden anderen Männer gleich danach auch). Als er kurz unter der Dusche steht, um sich abzukühlen, nimmt er auch gleich die kleine Pille ein. Nachdem sie sich beide angekleidet haben, nimmt er sie an der Hand und führt sie die steile Treppe hinunter zu den verschiedenen Räumen, die es in diesem Club gibt. „Du hast mich so geil begrüßt, da will ich dich auf meine Weise begrüßen", sagt er zu ihr und führt sie in den

Raum, in dem eine Art Gynäkologenstuhl steht. Sie setzt sich darauf und stellt ihre Füße in die Fußhalterungen, sodass er nun freie Sicht auf ihre Möse hat. Er geht kurz in die Knie und leckt mit seiner Zunge tief ihre Spalte und beim Aufstehen fingert er ihr Loch weiter, bis es nur so in der Grotte flutscht. Dann holt er seinen steifen Schwanz aus der Hose und stößt ihn tief in die versaute Grotte. Die beiden Männer aus der Sauna stehen schon wieder in der Nähe und wichsen sich immer noch unter ihren Handtüchern.

Geil wie sie schon ist, braucht er sie nur kurz durchzuvögeln und schon hat sie ihren ersten Orgasmus. „Komm, lass uns ein wenig ausruhen." Er nimmt sie wieder bei der Hand und geht mit ihr zum Pärchenraum, wo man die neugierigen Männer mal ausschließen kann. Sie legen sich nebeneinander und „kuscheln" zuerst ein wenig und schon spielt sie mit seinem Schwanz, der immer noch schön hart in ihrer Hand liegt. Dazwischen krault sie seine prallen Eier und es dauert nicht lange und schon saugt und leckt sie an seinem schönen Riemen und nimmt ihn tief in ihren Rachen, bis sie würgt und ihr der Sabber aus ihrem Mund läuft und seinen Stängel glitschig macht. Dann wichst sie ihn und nimmt dafür seine herrlichen Eier in den Mund und lutscht daran.

„Gib mir deine Muschi zum Lecken, lass uns 69 machen." Gern streckt sie ihm ihre Muschi entgegen und er leckt mit seiner Zunge tief durch die Spalte und hin und wieder steckt er seine Zunge ins Loch hinein. „Ja, leck mich tief. Ich mag es, wenn du mir mit deiner Zunge durch die Ritze fährst, das macht mich geil." Beide lecken sich gegenseitig, bis er zu ihr sagt: „Geh auf die Knie, ich muss dich ficken, du geiles Luder, ich platze fast." Das liebt sie wenn er so mit ihr redet und noch mehr, wenn er sie so hart von hinten durchvögelt. Tief rammt er seinen harten Stab in ihre Muschi, bis er diese vollspritzt. Nachdem er seinen Schwanz aus ihr herausgezogen hat, kniet sie sich hin und leckt ihn genüsslich bis auf den letzten Tropfen sauber. Nochmals legen sie sich hin, da hören sie, wie die Tür zum Raum geöffnet wird und ein anderes Pärchen in den Raum kommt und auf der großen Liegewiese auch gleich zur Sache kommt. Er schaut hinüber, wie sie es treiben, während sie auf seiner Brust liegt und seinen Schwanz massiert, der sehr schnell wieder hart wird, da ihm anscheinend gefällt, was er sieht, und wie es die beiden anderen treiben ... Fortsetzung dann morgen ;))))

Geschichte Nr. 32

Sex vor dem Frühstück: Einerseits ist der Spaß dann größer, denn der Testosteron-Spiegel der Männer hat seinen höchsten Stand in der Früh zwischen 7 und 8 Uhr. Und wer anschließend noch eine Runde joggen geht oder Gymnastik macht, ist bestens aufgewärmt und verbrennt spielend leicht und gelöst zusätzliche Kalorien.

Flexi-Sex: Basierend auf der Erkenntnis, dass eine halbe Stunde Yoga 100 bis 300 Kalorien schluckt, empfiehlt der Experte, Yoga-Stellungen im Bett oder wo auch immer in die Sex-Stellungen einzubauen. „Das ist innovativ, regt die Fantasie an und vertreibt die Routine."

Sexy-Ernährung: Stellen Sie Ihre Essgewohnheiten um. Fisch, Feigen, Sellerie, Bananen und in Maßen sogar Schokolade steigern das Lustempfinden und helfen Pfunde zu verlieren.

Positionswechsel: Wie schon beim Thema Yoga gesehen, sollten Sie immer wieder Ihre Stellungen ändern und dabei versuchen, beispielsweise gezielt die Beckenbodenmuskulatur einzusetzen und zu straffen. Das macht nicht nur Spaß beim Liebesspiel, diese Form von „Sexercise" kann langfristig auch den Bauchumfang verkleinern.

Erst Sport, dann Sex: Auch für die umgekehrte Reihenfolge gibt es genug Gründe. Denn wissenschaftliche Untersuchungen ergaben, dass nach 20 Minuten strammen Trainings sowohl bei Frauen als auch bei Männern die Lust auf Sex stark ansteigt. (ds)
Aktualisiert vor 20 Minuten

Geschichte Nr. 33

Sie freut sich auf die Massage, das hat sie sich nun wirklich verdient nach dieser sehr hektischen Woche. Sie legt sich auf den Massagetisch und entspannt sich schon, als sie merkt, dass der Masseur den Raum betritt. Er legt leise, sanfte Musik ein und beginnt kurz darauf mit der Massage. Sie genießt seine Hände auf ihrer Haut und die Massage in vollen Zügen. Er nimmt nochmals eine Handvoll lauwarmes Öl in die Hand und massiert nun ihre langen schlanken Beine. Als er so an ihren Oberschenkeln entlangmassiert, merkt sie, dass es sie sehr erregt und ihre Spalte darauf reagiert. Es kribbelt so schön in ihrer Möse und dieses Gefühl liebt sie sehr. Als sich seine Hand etwas tiefer unter das Tuch bewegt, bewegt sie automatisch ihren Arsch ein wenig – als Zeichen, dass es ihr gefällt, und ein leises Stöhnen kommt aus ihrem Mund. Anscheinend hat er das bemerkt, da seine Hände nun immer frecher werden und immer weiter unter das Tuch wandern. Sofort reagiert ihre Spalte darauf, indem sie immer nasser wird und ein Stöhnen kommt über ihre Lippen. Das versteht er natürlich als Aufforderung weiterzumachen und seine Finger gleiten nun durch das herrliche Nass ihrer Muschi und schon verschwinden zwei Finger in ihr und beginnen sie zu vögeln. Das macht sie so geil, dass sie automatisch auf alle viere geht, da greift er sofort mit der anderen Hand nach ihren großen prallen Titten und massiert die eine ganz sanft. Das ist nun definitiv zu viel für sie, so geil hat sie ein Mann schon lange nicht mehr gemacht. Sie dreht sich um und da sieht sie ihn zum ersten Mal ganz bewusst: Was für ein Bild von einem Mann und in seiner Hose wölbt sich ein großes Ding. Sofort befreit sie diesen herrlichen Lustkolben und streicht sanft mit ihrer Zungenspitze über seine Eichel. Nun reagiert er mit einem Stöhnen und nimmt ihren Kopf in seine Hände, um ihr seinen harten Riemen tief in den Mund zu schieben. Sie saugt an ihm und macht ihn so rasend vor Geilheit.

„Du kleine geile Schlampe", sagt er zu ihr, „ich hol nur rasch ein Spielzeug, das sicher uns beiden gefallen wird, massier deine Spalte unterdessen weiter, sodass sie schön nass bleibt." Nach kurzer Zeit kommt er zurück und hat eine dicke Zigarre dabei. Bevor er sie sich anzündet, steckt er das Mundstück tief in ihre nasse Möse, nimmt sie dann in den Mund und zündet sie an. Genussvoll smokt er an der Zigarre und gibt ihr auch mal einen Zug davon, bevor er sie wieder in die nasse und so geile Muschi steckt. Als er so an der Zigarre zieht, spreizt sie ihre Beine weit auseinander und beginnt sich vor ihm selbst zu massieren. So ein kleines Luder, denkt er und beginnt umgekehrt seinen Schwanz zu wichsen. So geilen sich beide gegenseitig auf, bis er nicht mehr kann, sie packt, in die Hündchenstellung bringt, ihr zuerst seine Zigarre in ihre Muschi steckt und seinen harten Schwanz in ihr süßes kleines Arschloch. Was für ein geiler Fick, denkt sie sich und biegt ihren Rücken durch, um ihm zu zeigen, wie geil sie das macht. Er nimmt die Zigarre aus ihrer Muschi und beginnt nun diese geile kleine Schlampe abwechselnd in ihre Muschi und dann wieder in ihren Arsch zu vögeln. „Ja, mehr, mehr!", schreit sie nun und zieht mit ihren Händen ihren Arsch auseinander damit er besser sehen kann, wohin er stechen soll. „Du geiler Bock, nun fick mich hart, denn ich komme gleich und dann spritz mir dein heißes Sperma auf meinen Arsch." Nur zu gerne kommt er ihrem Wunsch nach und stößt sie hart und erbarmungslos in ihr geiles, versautes Poloch, bis er kurz vor dem Abspritzen ist und verteilt seinen heißen Saft auf ihrem kleinen knackigen Arsch. Als sie wieder bei Atem ist, sagt sie zu ihm: „Kann ich diese Behandlung bitte jeden Tag bei dir buchen?"

Geschichte Nr. 34

Sie genießt die Fahrt mit ihrem neuen Auto, als sie von Weitem eine Person am Straßenrand stehen sieht, die anscheinend Autostopp macht. Da sie so gut gelaunt ist, verstößt sie einfach mal gegen ihre Prinzipien und hält an. Dass der Autostopper so gut aussieht, hebt ihre Stimmung noch mehr.

Während der Fahrt mustert sie ihn hin und wieder verstohlen von der Seite und merkt auch, dass er sie unauffällig mustert. Seine Blicke werden immer länger und sie merkt, dass es sie erregt, dass er sie so mustert und mit seinen Augen auszuziehen scheint. Sie fahren gemütlich über die Landstraße, als er plötzlich sagt, er müsste mal kurz austreten. Sie sucht eine Möglichkeit, den Wagen etwas von der Straße abseits zu parken. Als er nach seinem Geschäft hinter dem Baum wieder hervorkommt und sie so merkwürdig anschaut, geht ein Prickeln durch ihre Spalte. Er stellt sich ganz nah vor sie, schaut tief in ihre Augen und greift mit einer Hand ganz selbstverständlich an ihre prallen Titten und beginnt sie zu kneten. Genau auf diese Behandlung steht sie und schon sammelt sich die Nässe in ihrer Lustgrotte und ein Stöhnen entschlüpft ihrem Mund. Sie sieht nach unten und sieht, dass seine Hose sehr ausgebeult ist. Sie beginnt mit ihrer Hand und den Fingernägeln seinen harten Schwanz durch die Jeans zu massieren, sodass der Lustkolben noch größer und härter wird. Sie geht schnell in die Knie, öffnet seine Hose und holt diesen wunderbaren harten Schwanz an die frische Luft, wo er sogleich in ihrem heißen Mund verschwindet, um gesaugt und gelutscht zu werden. Nun stöhnt er und lehnt sich an das Auto und genießt diese geile Behandlung. Dann packt er sie, stellt sie mit dem Rücken zu sich ans Auto, schiebt ihren eh schon kurzen Rock nach oben und spreizt ihre Beine weit auseinander. Nun geht er in die Knie und leckt ihre schon sehr nasse

Muschi. Dann steht er auf, drückt sie ein wenig nach vorn und rammt ihr seinen Lustknüppel tief in ihre Grotte hinein. Er fickt sie hart und geil, dass es nicht lange dauert und beide kommen fast zur gleichen Zeit. Er füllt ihre Muschi mit seinem Saft, bis ihr der sahnige Erguss die Beine herunter läuft. Als sie sich erholt haben, setzen sie ihre Reise fort; nur dass er nun fährt und sie neben ihm sitzt und sanft seinen erschöpften Schwanz massiert und ihm nach und nach wieder Leben einhaucht, bis er wieder aufrecht aus der Hose steht. Da kann sie nicht widerstehen und schon stülpt sie ihren Mund über diesen wunderbaren aufrechten Kerl. Saugt und leckt an ihm, sodass der Fahrer sich fast nicht mehr aufs Fahren konzentrieren kann. So steuert an diesem Tag das Auto wieder eine etwas abgelegene Straße an. Er setzt sich so hin, als würde er aussteigen, und sie setzt sich so auf seinen wieder sehr stolzen und harten Schwanz. Dann beginnt sie einen harten Ritt auf seinem geilen Schwanz, während er ihre hüpfenden Titten von hinten hält und an den Nippeln zwirbelt. Beide genießen diesen heißen und geilen Ritt, bis sie zum zweiten Mal an diesem Tag fast gleichzeitig kommen. Danach schauen sie sich an und er meint: „Ich denke, jetzt brauchen wir wohl beide mal eine kleine Pause, aber dann …"

Geschichte Nr. 35

Sie genießt die Sonnenstrahlen auf ihrer Haut und da sie weiß, dass niemand in den kleinen hübschen Garten sehen kann, hat sie sich heute mal wieder entschieden, oben ohne zu sonnen. Da sie mit ihren Ohrstöpseln Musik hört, hört sie auch die Schritte nicht, die sich ihr langsam nähern. Er beugt sich über sie und zieht ihr beide Stöpsel aus den Ohren und küsst sie gleichzeitig sanft auf den Mund. Erschrocken öffnet sie die Augen und schließt sie gleich wieder, als sie sein vertrautes Gesicht vor sich sieht. Seine Lippen wandern nun ganz langsam an ihrem Hals entlang, hin zu ihren aufstehenden Nippeln. Er nimmt einen in seinen Mund und saugt und knabbert an daran, so wie sie es liebt. Sie genießt das Gefühl seiner Zunge auf ihrer Haut und die Lust schießt sofort in ihre Möse. Er weiß nur zu gut, wie er sie scharf machen kann und das ist ihm schon gelungen. Ihre Hand sucht den Reißverschluss seiner Hose, um seinen schönen Schwanz zu befreien. „Zieh dich aus", sagt sie zu ihm, „dir ist doch sicher zu heiß so in der prallen Sonne." Er erwidert: „Du machst mich heiß." Er lässt sich aber nicht zweimal bitten und hat sich in Sekundenschnelle ausgezogen. Sein Prachtstück steht schon wie eine Eins und ragt steil in die Höhe. Aber sie bekommt ihn nicht, um ihn zu verwöhnen, weil er sich sofort wieder um ihre Nippel kümmert. Und da sie auf dem Rücken im Liegestuhl liegt, kann sie sich auch nicht groß bewegen. Nachdem er sich an ihren Nippel ausgetobt hat, wandert sein Mund nun Richtung Paradies. Sie genießt jeden Kuss, der er ihr auf ihre Haut drückt und je tiefer er kommt, umso mehr öffnet sie schon ihre Beine. Sie liebt es, wie er ihre Grotte leckt und mit seiner Zunge ihre Muschi füllt. Die Sonne hat sie während des Sonnenbads so richtig aufgeheizt und geil gemacht; daher läuft ihr Saft schon ziemlich aus ihrer Grotte in seinen Mund. Er schmatzt voller Lust und leckt sie tief durch ihre Spalte. Da hebt er sie plötzlich hoch und sagt: „Du machst mich so verdammt heiß, aber hier an der Sonne bekomm ich jetzt gleich einen Sonnenbrand." Und so trägt er sie in die kühle Küche. Da stellt er sie an die Anrichte und stößt seinen harten Schwanz tief in ihre nasse Möse hinein. Sie stöhnt und bewegt ihren Arsch hin und her, um ihm so mitzuteilen, er soll sie so richtig hart durchvögeln. Er hat ihren Wink verstanden und rammt nun seinen Knüppel hart und tief in die nasse warme Möse, bis er ihr eine Riesenladung heißes Sperma in ihr Loch spritzt. Sie dreht sich um und sagt: „Wenn du mich jedes Mal so begrüßt, wenn ich oben ohne sonne, dann werde ich nur noch einen Teil meines Bikinis gebrauchen." Er lacht und sagt: „Und wenn du ganz brav bist, bekommst du nach dem Essen noch was Süßes von mir, dann aber in den Mund gespritzt …"

GESCHICHTE NR. 36

Sie hat sich schon sehr auf das Essen mit ihrem Chef gefreut, vielleicht wird sie endlich die Lohnerhöhung bekommen, die sie ihres Erachtens schon lange hätte bekommen sollen.

Das Restaurant ist sehr gediegen und edel und sie freut sich schon sehr auf das Essen, das hier köstlich sein soll und dazu ist ihr Chef ein sehr gut aussehender Mann, der ihr vom ersten Augenblick an gefallen hat.

Das Essen war, wie gesagt wurde, sehr fein und das Gespräch mit ihrem Chef sehr angenehm, als sie plötzlich etwas an ihrem Bein spürt. Kann es sein, dass ihr Chef mit seinen Füßen Kontakt zu ihr sucht? Die Bestätigung bekommt sie, als sein Fuß immer weiter an ihrem Bein hochfährt. Sofort beginnt es in ihrer Möse zu kribbeln und sie merkt, dass sie schon feucht wird und erregt. Nun schiebt er mit seinem Fuß ihr Kleid, das ohnehin schon sehr kurz ist, weiter nach oben und er sucht sich den Weg zu ihrem feuchten Lustgarten. Er schaut ihr unterdessen tief in die Augen und fährt mit seinem Gespräch fort, als ob unter dem Tisch nichts passieren würde. Er sieht aber in ihren Augen die Lust aufkommen und macht mit seinem Fuß munter weiter. Sie und er spüren, wie ihr Höschen immer nasser wird. Sie hält es fast nicht mehr aus, ohne dass sie zu stöhnen anfängt und bittet ihren Chef um Entschuldigung, sie müsse sich kurz in der Toilette frisch machen.

In der Toilette spritzt sie sich kühles Wasser ins Gesicht, als sie im Spiegel sieht, wie die Tür aufgeht und ihr Chef in die Toilette tritt. Er stellt sich hinter sie und fasst von hinten an ihre prallen Titten und flüstert ihr ins Ohr: „Jetzt beenden wir, was vorhin angefangen hat. Du hast mich vom ersten Augenblick angemacht, seit du in meine Firma gekommen bist. Ich will dich, dich besitzen, dich ficken, dich lieben." Er schiebt ihr Kleidchen hoch und das knappe Höschen zur Seite und prüft mit seinem Finger die Geilheit ihrer Spalte. Dabei sieht er sie immer im Spiegel an und sieht, wie geil sie wird und das verursacht, dass sein hungriger Schwanz bald kein Platz mehr in seiner Hose hat. Er packt seinen Lustknebel aus und rammt ihn ihr von hinten tief in ihre Muschi hinein. Sie stöhnt und streckt ihm ihren knackigen Arsch entgegen, damit er noch tiefer in sie hineinstoßen kann. Beide sehen sich im Spiegel an und genießen es, die Lust im Gesicht des anderen zu sehen. Er nimmt sie so hart und geil, dass beide nicht lange brauchen und einen heftigen Orgasmus genießen können.

Er schaut sie nochmals intensiv im Spiegel an und sagt mit einem Zwinkern zu ihr: „Ich bezahle jetzt wohl besser und wir setzen unser Gespräch bei mir zu Hause fort …"

Geschichte Nr. 37

Sie hatte alles vorbereitet, um ihm zu zeigen, dass auch Kuscheln geil sein kann. Etwas Romantik hat doch noch nie jemandem geschadet, denkt sie. Überall brennen Kerzen und es gibt ein schönes und warmes Licht in allen Zimmern.
    Als er nach Hause kommt, empfängt sie ihn in einem schönen zarten Negligee, nimmt ihn an der Hand und führt ihn zum Bett. Da entkleidet sie ihn ganz langsam und zieht ihn dann, nachdem er nackt vor ihr steht, aufs Bett. Sie verbindet ihm die Augen und sagt: „Lass einfach alles zu und genieße nur. Sie legt sich neben ihn und beginnt ihn zu streicheln, zuerst auf der Brust, dann langsam Richtung Bauch bis zu den Lenden. Sie sieht, wie sich sein kleiner Freund zu regen beginnt. Ganz langsam fährt ihre Hand wieder nach oben auf die Brust. Dies wiederholt sie ein paarmal und jedes Mal, wenn sie in die Lendengegend kommt, wird sein Schwanz immer größer und härter. Er entspannt sich und sie merkt, dass es ihm anscheinend gefällt, denn nun suchen seine Hände ihren Körper und er beginnt sie am Bauch zu streicheln. Seine Hände suchen den Weg zu ihren Titten, die er nun ganz sanft massiert. Ihre Nippel werden sofort hart und groß. Während sie immer noch seine Brust massiert, wandern seine Hände nun von den Titten abwärts über den Bauch hin zu ihrem Venushügel. Ganz zart streicht er mit den Fingern darüber und über die vollen Schamlippen. Er weiß genau, was ihr gefällt und schon entfährt ihr ein Stöhnen, das ihm zeigt, dass sie geil wird. Ihre Streicheleinheiten verlagern sich nun auch. Sanft umkreist sie seinen nun harten und aufrecht stehenden Schwanz und beginnt dann seine prallen Eier zu massieren. Als seine Finger beginnen ihre Spalte zu erforschen, merkt er, dass sie schon sehr nass ist. Er bohrt einen Finger in ihre Lustgrotte, aber er weiß, dass ihr nur ein Finger nicht reicht, daher schiebt er einen

zweiten dazu. Ihr Saft läuft nun über seine Finger und er fingert sie ganz sanft. Sie hält es nun fast nicht mehr aus und vergisst die Streicheleinheiten. Sie braucht seinen Schwanz und das jetzt. Gierig stülpt sie ihren Mund über seinen Lustkolben und saugt und leckt voller Geilheit an ihm. Sie liebt es, seinen prallen Freudenstab im Mund zu haben und zu spüren. wie er noch größer und härter wird. Auch er kann sich nicht mehr beherrschen. Plötzlich dreht er sie um und stellt sie in die Hündchenstellung und rammt ihr seinen geilen Schwanz tief in ihren Arsch. Er vögelt sie nun abwechselnd in den Arsch und in ihre Grotte. Sie schreit vor Lust und Geilheit und das treibt ihn noch mehr dazu, sie noch fester zu vögeln, bis er explodiert und seinen Saft in sie verströmt. Er weiß, dass sie ihn nun schön sauber lecken wird und es genießt, seinen Schwanz nochmals zu kosten. Danach liegen sie noch eine Weile eng umschlungen da, bis beide erschöpft eingeschlafen sind …

Geschichte Nr. 38

Sie klopfen an die Zimmertür ihrer Freunde und sofort ertönt ein Herein. Sie treten ein und sehen, wie Tim vor der Minibar kauert und Tabea auf dem Bett sitzt. Tim sagt: „Wir dachten, nach unserer ausgiebigen Shoppingtour heute und bevor wir zum Essen gehen, trinken wir nach was." Er öffnete für die beiden Männer je ein Bier und für die Damen zwei kleine Prosecco-Flaschen. Lachend stoßen sie an und kommen ins Plaudern. Die Stimmung wird immer ausgelassener und die Minibar war schon fast leer, als das Thema plötzlich auf das Thema Pokern kommt. Plötzlich fällt das Wort Strip-Poker und sofort sind die beiden Männer Feuer und Flamme und sagen: „Lasst uns das doch mal spielen. Ich hol noch Nachschub aus unserer Minibar, such du, Tim, doch schon mal Spielkarten raus." Gesagt. Getan. Plötzlich sitzen sie zu viert auf dem großen Bett und spielen „tschau-sepp" und der, der verliert, muss jedes Mal ein Kleidungsstück ausziehen. Da sich die Frauen für ein Abendessen zurechtgemacht hatten, besteht ihre Garderobe gerade mal aus einem Kleid, Unterwäsche und High Heels. So kommt es, dass beide sehr rasch nur noch in Höschen und BH in der Runde sitzen. Luca sieht, dass Tim wie gebannt auf die Titten von Anna schaut. „Gefällt dir, was du siehst?", fragt er Tim. Dieser nickt nur. „Du darfst sie sicher mal anfassen, ich denke, Anna hat nichts dagegen. Und damit es gerecht ist, werde ich die von Tabea berühren." Da die Stimmung schon sehr ausgelassen und prickelnd ist, hat niemand etwas dagegen, dass der Freund die Titten seiner Freundin berührt. Beide Frauen genießen das zuerst vorsichtige Berühren der „fremden" Hände. Luca weiß genau, dass Anna auf Berührungen ihrer Titten stark reagiert und schon sieht er, wie sie die Augen schließt und die Berührungen genießt. Ihre Nippel sind sofort hart und stehen ab und sie streckt Tim ihre Titten regelrecht entgegen, damit er ihre Nippel doch mal in den Mund nehmen soll. Luca erregt das Zuschauen schon sehr und dadurch massiert er die kleinen festen Titten von Tabea ziemlich fest. Beide Frauen genießen diese Behandlung und beide stöhnen fast gleichzeitig los. Das erregt nun beide Männer gleichermaßen und ohne ein Wort zu verlieren ziehen sie ihre restlichen Kleider aus und aus beiden Hosen springen zwei schöne pralle Schwänze hervor. Ganz selbstverständlich liegen sie nun zu viert im Bett und streicheln sich gegenseitig. Was als kleiner Apero begann, endet nun in einem geilen Abenteuer. Jeder leckt und saugt, ob an einem Schwanz, einer Muschi oder Titten. Die Luft wird immer wollüstiger und man merkt, wie geil alle zusammen sind. Tabea kann nun endlich mal mit einer Frau Sex haben und Anna wird von zwei Männern gleichzeitig gevögelt, wie sie es schon immer mal wollte. Die Männer haben genügend Löcher zur Auswahl und stopfen gern jedes davon. So einen geilen Abend hatten alle noch nie und sie haben sich, wenn sie dann wieder zu Hause sind, schon für einen weiteren „Pokerabend" verabredet.

Geschichte Nr. 39

Sie saß da in ihrem Kleid, das er so an ihr mochte, und unterhielt sich mit ihrer Kollegin, die ihr im Café gegenübersaß. Er kaufte ein paar Brötchen und kam dann ganz ungezwungen an ihren Tisch. Er lächelte und fragte, ob hier noch ein Platz frei wäre, das Café sei ja um diese Zeit sehr voll. Natürlich willigten die beiden ein und er setzte sich neben sie. Zuerst hörte er ein wenig der Unterhaltung der beiden Frauen zu und gab hin und wieder einen Kommentar ab, doch schon bald hatten sie eine angeregte Unterhaltung zu dritt. Derweil wanderte seine Hand, die er schon von Anfang an auf seinem Oberschenkel platziert hatte, zu ihrem hinüber und ganz langsam schob sich seine Hand immer höher unter den Saum ihres Kleides hinauf zu seinem Ziel, das, so hoffte er, schon feucht auf ihn warten würde. Je näher er seinem Ziel kam, umso mehr merkte er, dass sie hin und wieder beim Sprechen stockte. Aha, dachte er sich, sie genießt es, dieses kleine geile Luder und will es hier nicht zeigen. Geschickt lenkte er das Gespräch in eine Richtung, wo es um Sex und Versuchungen ging. Die Freundin der Frau fand sichtlich Spaß an der Unterhaltung und bemerkte nicht, was sich ihr gegenüber abspielte. Seine Hand respektive seine Finger waren nun am Ziel angelangt und wie erwartet war die heiße Grotte sehr feucht und hieß ihn so willkommen. Als er so sanft mit einem Finger die Spalte durchfuhr, entwich der Frau ein leiser Seufzer. Er genoss es, sie so neben sich zu haben, ohne dass jemand merkte, was er da trieb. In seiner Hose wurde sein prächtiger Schwanz schon schön groß und hatte bald keinen Platz mehr. In ihrem Gespräch ging es nun um Sachen, die man schon gerne mal ausprobieren wollte, aber nie die Gelegenheit dazu hatte. Er wollte von der Freundin wissen, was denn ihr Wunsch mal wäre und sie entgegnete ganz direkt: „Mal einen Dreier." Da schauten er und sie sich an und ohne ein Wort zu wechseln wussten sie, was nun passieren würde. Sie sagte, dass auch sie das gerne mal machen würde und er entgegnete darauf: „Ja, wir sind zu dritt, was hält uns auf?" Die Freundin schaute zuerst ein wenig erschrocken, doch dann entspannte sich ihr Gesichtsausdruck und sie sagte: „Ja genau, vielleicht ist das ein Zeichen." Die Frau sagte nur: „Dann lasst uns zahlen und wir fahren zu mir, ich hab ein schön großes Bett."

Als sie in der Wohnung waren, holte die Frau sofort eine Flasche Prosecco aus dem Kühlschrank und goss drei Gläser ein. Dann stießen alle drei an und zur Verwunderung der Freundin küsste der Mann die Frau auf den Mund und wurde immer leidenschaftlicher. Er stellte das Glas ab und begann sie zu entkleiden, während er sie immer wieder heiß auf ihren Mund küsste und dann, als ihr BH zu Boden gefallen war, ihre Nippel in den Mund nahm und daran saugte. Dann löste er sich von der Frau und begann die Freundin zu entkleiden, währenddessen die Frau ihm sein Hemd auszog und ihn dann auch noch von seiner Hose befreite. Sofort schnellte sein Prachtstück steil hervor und sie kniete sich hin, um ihn zu begrüßen. Nachdem die Gläser alle noch mal aufgefüllt und geleert worden waren, zog er beide Frauen hinter sich her ins Schlafzimmer und warf beide aufs Bett. Danach begann ein Spiel mit gegenseitigem Streicheln, Küssen, Lutschen, Saugen, Blasen und Vögeln. Es war für alle einen wundervolle Erfahrung und ganz entspannt. Er konnte eine nasse Muschi lecken, während er seinen Schwanz von der anderen geblasen bekam. Oder eine Frau leckte die Möse der anderen und er vögelte eine der geilen Muschis durch. Jeder der drei genoss dieses Spiel bis zum spritzigen Abschluss, wo beide Frauen kniend vor ihm ihre Belohnung bekamen. Danach lagen sie ein Weilchen zufrieden im Bett. Irgendwann sagte die Freundin, dass sie nun los müsse, da sie noch einen Termin hätte. Sie verabschiedete sich mit einem sehr befriedigten Gesicht. Da sagte die Frau zu ihm: „Siehst du, ich hab dir doch gesagt, so klappt das und sie weiß nicht, dass du mein Lover und geiler Hengst bist, und war das nun ein gutes Geburtstagsgeschenk??"

Geschichte Nr. 40

Sie war ganz aufgeregt, denn es sollte eine ganz spezielle Nacht werden. Sie zieht ihr Cape ein wenig fester um sich, da es doch schon kühler draußen ist, als sie dachte, und sie nicht wirklich viel unter dem Cape anhat. Endlich fährt er mit seinem Auto vor und sie steigt rasch in das warme Auto ein.

Als sie am Ziel angekommen sind, steigt die Spannung nicht nur bei ihr, sie merkt, dass auch er gespannt ist auf das, was nun auf sie zukommen würde. Am Eingang wird ihr das Cape abgenommen und nun sieht er, was für ein raffiniertes Outfit sie anhat. Ein BH aus Leder, der mit einem Band zum sehr kleinen String, der auch aus Leder ist, führt. Die geschnürten Stiefel reichen ihr bis über die Knie und was ihm am besten gefällt ist das Halsband, an dem eine Leine befestigt ist. Er greift sich die Leine und führt sie in die große Eingangshalle. Beide sind überwältigt von dem Anblick. Überall Kerzen, die ein schummriges Licht erzeugen, eine große Treppe führt in den ersten Stock und eine breite Treppe führt anscheinend in den Keller, aus dem man leises Stöhnen hören kann. Schon beginnt es in ihrer Grotte zu kribbeln und sie sieht mit einem Blick auf ihren Begleiter, dass sich auch in seiner Hose etwas regt. Sie gehen auf die Kellertreppe zu und steigen hinab. Im ersten Raum, den sie sehen, steht eine nackte Frau an einem Kreuz, weit gespreizte Beine und vier Männer, die um sie herum stehen und mit ihren Händen berühren. Die Frau stöhnt lustvoll und man sieht, wie geil sie ist und diese Geilheit genießt. Im zweiten Raum, an dem sie vorbeigehen, sehen sie eine Domina, die sich von ihrem unterwürfigen Sklaven gerade die Stiefel lecken lässt und ihm währenddessen mit einer Peitsche den Arsch versohlt.

Im dritten Raum befindet sich ein Schwimmbecken und darum herum sind Stühle und Liegen aufgestellt. Im Wasser geht es schon heiß her und immer wieder hört man Stöhnen und Lustschreie. Beide sind nun schon sehr erregt und sie setzen sich auf zwei Stühle. Kaum sitzen sie, kniet er sich vor sie hin, spreizt ihre Beine auseinander und beginnt genussvoll ihre nasse Spalte zu lecken. Wie sie das liebt, wenn er sie so tief leckt und noch geiler macht. Dann steht er auf, holt seinen schon sehr harten Schwanz aus seiner Unterhose und hält ihn ihr vor den schon geöffneten Mund. Sie weiß, was er mag und berührt mit ihrer Zunge ganz sacht seine spitze und leckt ganz langsam darüber. Aber anscheinend möchte er heute gleich mehr, denn er packt ihren Kopf und fickt sie tief in ihren Mund. Nach fünf, sechs geilen Stößen zieht er seinen herrlichen Schwanz aus ihr heraus, packt die Leine und geht mit ihr zum Beckenrand. Er will, dass sie sich hinsetzt, sodass ihre Beine ins Wasser baumeln. Er steigt in das angenehm warme Wasser und leckt nun nochmals ihre nasse Grotte, plötzlich hebt er sie hoch und setzt sie direkt auf seinen harten Knüppel, sofort schlingt sie ihre Beine um ihn und genießt das tiefe Eindringen seines Schwanzes. Er drückt sie mit dem Rücken an den Beckenrand und fickt sie hart und tief in ihre versaute Möse und es dauert nicht lange und sie kann ihren ersten Orgasmus nicht zurückhalten. Laut stöhnt sie und zeigt ihm damit, wie sie es genießt, wenn er sie so hart vögelt. Danach steigen beide aus dem Wasser und legen sich auf zwei Liegen, um sich zu erholen und trocken zu werden. Nach einer Weile sagt er zu ihr: „Dann lass uns jetzt mal nachschauen, was es denn noch so für Zimmer gibt …"

Geschichte Nr. 41

Sie war so richtig in Stimmung, heute geilen Sex zu erleben. Sie bereitet alles vor, legt den Dildo, die Peitsche und das Massageöl bereit und zieht ein String-Outfit an: ihre halterlosen Netzstrümpfe, dazu die schwarzen High Heels und einen BH, der ihren Busen schön zur Geltung bringt. Als er endlich nach Hause kommt, hat sie sich schon schön in Stimmung gebracht. Ihre Finger haben ihre Grotte sanft massiert, bis sie schön feucht und glitschig wurde und als er nun in die Wohnung kommt, sieht er, wie sie sich gerade zwei Finger in ihre Lusthöhle schiebt und dabei die Augen schließt. Er ist in zwei Schritten bei ihr, zieht ihren Kopf nach hinten und küsst sie leidenschaftlich und lüstern und mit der zweiten Hand umfasst er eine ihrer prachtvollen Titten und knetet sie. Beide wollen nur noch einen geilen Fick miteinander haben. Sie geht in die Knie und zieht im Nu seine Hose aus, sodass sie seinen schon sehr harten und großen Schwanz in die Hände nehmen kann und ganz sanft mit der Zunge seine Eichel leckt, sodass der Schwanz zu zucken beginnt. Sie liebt dieses Spiel, die Macht über sein bestes Stück zu haben, wenn er unter ihrer Zunge und ihrem Mund größer und härter wird, weil sie weiß, dass er sie zur Belohnung hart und geil ficken wird. Als er so nackt vor ihr steht und sie sich um seinen Luststab kümmert, nimmt er die Peitsche zur Hand und schlägt ihr auf ihren Arsch. Sie mag es, wenn er sie so noch geiler macht und versucht, ihm ihren Hintern ein wenig entgegenzustrecken, damit er merkt, dass ihr das gefällt. Nun möchte er sich revanchieren und endlich ihre nasse Spalte lecken, daher hebt er sie hoch und legt sie aufs Bett, er spreizt ihre Beine auseinander und sie kommt ihm entgegen, indem sie ihre Muschi weit auseinanderzieht. Nun kann er die nasse Spalte endlich lecken und ihr hin und wieder einen Finger ins Loch stecken, um sie noch geiler zu machen. Sie will nun seinen harten Stab in sich spüren und dreht sich um, um ihm auf allen vieren ihr Hinterteil anzubieten. Er weiß, was er nun zu tun hat, er soll nun abwechselnd beide Löcher von ihr stopfen. Er kommt diesem Wunsch gerne nach, da er es liebt, sie auch in das enge Arschloch zu ficken. Sie genießt diese Behandlung und streckt ihm ihren Arsch noch mehr entgegen, da sie so geil ist und er sie so verwöhnt, wie sie sich das vorgestellt hat. Als sie merkt, dass er kommt, dreht sie sich wieder um und zeigt ihm, dass er ihr heute ihre Titten vollspritzen soll. Nachdem er sein heißes Sperma über ihre Titten gespritzt hat, nimmt sie mit ihrem Finger den wunderbaren Saft auf und steckt sich den Finger in den Mund. Nach diesem geilen Vögeln geht's nun zusammen unter die Dusche und er stellt fest, dass der Dildo heute gar nicht zum Einsatz kam. Da meint sie mit einem Augenzwinkern: „Wart's ab, der Abend ist noch lang und mein Hunger noch lange nicht gestillt …"

Geschichte Nr. 42

So ein Spaziergang im Winter durch den Wald ist schön und die beiden genießen die kühle Luft und die Schneeflocken, die um sie herum tanzen. Sie genießen den Spaziergang, sodass sie nicht merken, dass sie immer tiefer in den Wald hineingehen. Die frische Luft und die Ruhe bringen ihn auf heiße Gedanken. Er nimmt sie an der Hand und stellt sie mit dem Rücken an einen Baum. Er beginnt sie zu küssen, und er weiß, dass sie das schon sehr auf Touren bringt und ihre Möse ganz sicher darauf reagiert. Er öffnet ihren Mantel und ist mehr als erstaunt als er sieht, dass sie nicht mehr als einen BH und ein Höschen darunter anhat. „Du geiles kleines Luder", sagt er zu ihr, „du wolltest es schon, bevor wir losgingen, dann sollst du deine Belohnung auch bekommen, aber zuerst leckst du meinen Schwanz, so wie ich das mag." Das lässt sie sich nicht zweimal sagen und holt seinen Prachtschwanz aus seiner Hose. Zuerst leckt sie an seiner Eichel und krault seine Eier, sodass sein allerbestes Stück noch ein wenig größer wird. Dann nimmt sie ihn ganz tief in ihren Mund auf und lutscht und saugt an ihm, so wie er es mag. Sie weiß, dass ihn das geil macht, und saugt noch intensiver an dem harten Riemen, da packt er ihren Kopf und fickt sie in den Mund, sodass sie ziemlich würgen muss. Aber sie weiß, er steht drauf und ihr gefällt es, wenn er so mit ihr umgeht. Dann zieht er sie hoch, stellt sie an einen Baum und spießt ihre nasse Möse von hinten auf. Nun fickt er sie mit harten Stößen, sodass sie sich am Baum festhalten muss. Genau so gefällt ihr das, dass er sie von hinten nimmt und sie seinen harten geilen Schwanz in sich spürt. Es dauert nicht lange und er schreit seine Erleichterung in die kühle Luft hinaus und füllt ihre Grotte mit seinem heißen Samen. Brav leckt sie seinen Lustspender sauber, bevor er wieder in die warme

Hose zurück darf. Sie schließt ihren Mantel und sie spazieren glücklich und zufrieden nach Hause, und er meint: „Lass uns doch bald wieder mal einen Waldspaziergang unternehmen …"

Geschichte Nr. 43

So, heute sind wieder einmal die Fenster an der Reihe, um geputzt zu werden. Da es schon ziemlich warm ist, zieht sie sich nur einen kurzen Rock und ein knappes Top an.

Sie putzt die Fenster gerne, da sie das gleich als Turnstunde betrachtet. Die Auf- und Ab-Bewegungen und das in die Knie gehen sind gute Turnübungen für Bauch, Beine und Po. Also macht sie sich frisch ans Werk. Sie reckt und streckt sich, um ganz oben in die Ecken beim Fenster zu kommen und bückt sich, um ganz in die Ecken zu kommen. Dabei summt sie ein Lied vor sich hin, das ihr gerade durch den Kopf geht. Plötzlich klingelt es an der Haustür. Fröhlich öffnet sie die Tür und der schöne Herr aus dem Nachbarhaus steht davor.

„Entschuldigen Sie bitte die Störung", sagt er, „aber ich hab Ihnen nun eine Weile bei Ihrer Fensterputzaktion zugeschaut und sehen Sie nur, was sie angestellt haben." Er deutet auf eine große Beule in seiner Hose. „Sie brauchen einen Waffenschein, wenn Sie in so einem kurzen Rock vor den Augen Ihres Nachbarn herumputzen und deswegen muss ich Sie nun bestrafen", sagt er mit einem Augenzwinkern.

Er packt sie an den Schultern und drückt sie an die Wand, wo er sie stürmisch küsst. Seine eine Hand sucht ihre wohlgeformte und feste Brust, die er zärtlich massiert. Seine andere Hand schiebt sich schnell und gezielt in ihr Höschen. Es wundert ihn gar nicht, dass er schon eine feuchte Spalte antrifft. Sein Schwengel wächst sofort noch mehr an und möchte gerne endlich aus der Hose gelassen werden. Sie genießt die beiden Massagen sehr und wird immer geiler bei dieser Behandlung.

Sie möchte ihm nun auch etwas Gutes tun und öffnet seine Jeans, wo sein herrlicher und sehr harter Schwanz endlich nach draußen darf. Was für ein schönes Exemplar, denkt sie sich, nimmt ihn in die Hand und massiert ihn hingebungsvoll. Dann geht sie plötzlich in die Knie und nimmt den wunderschönen Lustspender in ihren Mund auf, wo sie ihn saugt und leckt und mit ihren Händen massiert sie gleichzeitig seine großen, prallen Eier.

„Komm, lass uns ins Schlafzimmer gehen, wo wir es uns gemütlicher machen können", sagt sie zu ihm. Sie nimmt ihn an der Hand und führt ihn in ihr Schlafzimmer, wo sie ihn aufs Bett schubst. Sie setzte sich, nachdem sie ihm seine Hose ausgezogen hat, auf seinen aufgerichteten geilen Schwanz und sie beginnt einen wilden Ritt auf ihm. Er genießt diesen heißen Ritt auf ihm und massiert dabei ihre geilen Titten und zwirbelt dabei ihre Nippel. Sie schreit vor Lust und Geilheit und reitet ihn immer heftiger. Plötzlich wirft er sie ab und legt sie auf den Bauch und dringt von hinten in sie ein. Er rammt seinen harten Schwanz bis zum Anschlag in sie und sie genießt jeden seiner Stöße. Es dauert nicht lange und er ergießt sich in sie. Danach liegen sie lange nebeneinander ohne ein Wort zu sagen. Plötzlich sagt sie: „Ich hab noch ein paar Fenster, die ich putzen kann, möchtest du mir zuschauen …?"

Geschichte Nr. 44

Er beobachtet sie schon ein ganzes Weilchen, sieht, wie ihre Freundinnen ausgelassen tanzen, und sie alleine in ihrer Ecke sitzt und mit einem Lächeln im Gesicht den anderen zuschaut. Er steht auf und steuert direkt auf sie zu. „Magst du tanzen?", fragt er sie. Sie mustert ihn und er sieht in ihren Augen, dass ihr gefällt, was sie sieht. Und schon stehen sie auf der Tanzfläche. Sie tanzen zusammen, als würden sie sich schon ewig kennen, so harmonisch und anmutig. Sie plaudern während des Tanzens über dies und das und er muss dauernd tief in ihre Augen schauen. Was für eine Farbe haben diese hellen und doch manchmal dunkel scheinenden Augen wirklich?, überlegt er sich und dabei streicht seine Hand sanft ihren Rücken hoch und runter. Er gefällt ihr und seine Ausstrahlung fasziniert sie und dass er nun sanft ihren Rücken streichelt erregt sie leicht. Als hätte der DJ es gewusst, legt er als Nächstes ein sehr langsames Lied auf. Sofort nimmt er sie fest in den Arm und wie zufällig berührt dabei seine Hand eine ihrer wohlgeformten Titten. Er sieht, wie sie bei seiner Berührung ihre Augen kurz schließt. Das gefällt ihr wohl, denkt er bei sich und drückt sie noch ein wenig fester an sich. Was für ein schönes Gefühl, so in seinen Armen zu liegen, denkt sie sich und seine Berührungen sind wie kleine elektrische Impulse. Ihre Erregung wird immer größer und der Saft in ihrer Spalte immer mehr Sie merkt, dass es ihm scheinbar nicht anders ergeht, drückt doch etwas großes Hartes durch seine Hose an ihre Scham.

„Lass uns doch kurz rausgehen", raunt er ihr ins Ohr und schon nimmt er sie bei der Hand und zieht sie mit sich nach draußen. Als er eine kleine abgelegene Ecke erreicht, dreht er sich um und nimmt sie in den Arm und küsst sie leidenschaftlich. Dabei gehen seine Hände auf Erkundungstour. Er umfasst eine ihrer

Titten und knetet diese leicht. „Die haben eine schöne Form", sagt er ihr und küsst ihren Hals. Sie genießt seine leidenschaftlichen Küsse und beginnt nun ihrerseits seine Ausbeulung, die in seiner Hose steckt, zu massieren und sagt zu ihm: „Ich denke auch, der hat eine schöne Form, wenn er nach draußen dürfte", und schon öffnet sie seine Hose, zieht sie leicht nach unten und holt einen prächtigen harten Schwanz hervor. Sofort legt sie ihren Mund über dieses schöne Stück und leckt und saugt an ihm, sodass er noch größer und härter wird. „Du bist eine gute Bläserin, so wurde mein Schwanz noch nie verwöhnt, du bist geil und ich denke, in dir steckt ein kleines Luder. Hab ich recht?", fragt er sie. Als Antwort nimmt sie seinen Riemen ganz tief in den Rachen und sabbert ihn schön nass.

„Du kleine Schlampe, steh auf, ich will schauen, ob deine Grotte bereit ist, von meinem Schwanz ausgefüllt zu werden." Er stellt sie an die Wand, zieht ihr die Strumpfhose nach unten und schon sind seine Finger in ihrer nassen Möse. Er fingert ihre Lustgrotte ein wenig und zwirbelt ihren Kitzler so, dass sie vor Lust aufstöhnt, dann drückt er sie leicht nach vorn und rammt ihr seinen harten Knüppel in die nasse Möse. Er vögelt sie hart und tief und bei jedem Stoß stöhnt sie so geil, dass er weiß, dass er es ihr richtig gut besorgt.

Es dauert nicht lange und beide entladen ihre Gefühle in einem heftigen Orgasmus. Danach hält er sie in den Armen und flüstert ihr ins Ohr: „Meine kleine Schlampe, wollen wir noch eine Tanzrunde bei mir im Bett absolvieren?"

Geschichte Nr. 45

Er nimmt ihre Leine wieder in die Hand und geht mit ihr weiter, bis sie zu einer Tür kommen, woraus sie lautes Stöhnen hören. Er öffnet die Tür und sie sieht an der Reaktion von seinem Schwanz, dass es eine geile Sache zu sehen gibt. Er zieht sie mit sich in den Raum und was sie sieht, lässt ihre Möse schon wieder nass werden. Eine Frau liegt auf einem Gynäkologenstuhl und wird heftig von einem Mann durchgefickt. Zwei Männer stehen am Kopf der Frau und sie saugt abwechselnd den einen und dann den anderen Schwanz. Ein vierter Mann wichst sich seinen harten Prügel, während er mit der anderen Hand eine ihrer Titten massiert. Nach kurzer Zeit, wie auf Kommando rotieren die Männer und ein anderer vögelt nun diese geile Stute und die anderen lassen sich blasen. Beide Zuschauer werden von dieser Szene ganz geil und der Schwanz von ihm zuckt heftig, sodass sie am liebsten möchte, dass er gleich jetzt seinen Wunderstängel fest in sie stößt. Er bemerkt ihre Geilheit. Da er aber nicht so gern teilt, zieht er sie aus dem Zimmer heraus, stellt sie an die Wand draußen im Flur und stößt seinen harten Schwanz tief in ihre Muschi. Er weiß, dass sie das ganz besonders liebt und während er sie so stößt, massiert er mit der einen Hand ihre Titten, weil sie das noch geiler macht. Es dauert nicht lange und er merkt, wie sie von einem Orgasmus durchgeschüttelt wird. Zufrieden zieht er seinen Schwanz aus der Lustgrotte heraus und bedeutet ihr, in dem er die Leine nach unten zieht, dass sie nun brav gehorchen und seinen Lustkolben sauber lecken soll.

Danach gehen sie weiter, immer wieder hören sie Stöhnen, Lustschreie und es riecht nach Sex. Das alles lässt die beiden nicht zur Ruhe kommen und die Lust kehrt augenblicklich wieder zurück. Im nächsten Raum, den sie betreten, steht ein übergroßes Bett, umrandet von Palmen, und an der Wand ist ein kleiner Wasserfall. Sanfte Musik spielt und so legen sich beide auf das Bett. Als sie sich hinlegen, merken sie, dass es ein Wasserbett ist und bei jeder Bewegung mitschwingt. Sie legt sich in seine Arme und beginnt ihn sanft zu streicheln. Die Musik und das ganze Ambiente lassen sie im Moment ein wenig ruhiger werden und sie genießt das Gefühl, seine Haut zu spüren. Sie streichelt seine Brust, dann den Bauch, bis sie ganz allmählich zu seinem schönen Schwanz kommt. Sie massiert ihn liebevoll, bis er sich wieder in seiner geilen Größe aufrichtet. Ein leises Stöhnen kommt aus seinem Mund und sie nähert sich mit ihrem Mund seinem Prachtstück. Mit der Zungenspitze leckt sie sanft über das Köpfchen und sein Stöhnen wird ein wenig lauter. Sie weiß, was er mag und so macht sie mit den sanften Leckübungen weiter, bis ihre Zunge langsam am harten Stiel entlang nach unten fährt und sie sich an seinen prallen Eiern zu schaffen macht. Genussvoll nimmt sie mal das eine, dann das andere in den Mund und saugt sacht an ihnen. Sein Stöhnen macht sie geil und der Saft in ihrer Grotte wird immer mehr. Da nimmt er ihren Kopf in seine Hände und stößt seinen Hammer ganz tief in ihren Rachen und vögelt sie geil mit vier fünf Stößen, sodass sie würgen muss. Aber genau das macht sie beide so geil, weil es so animalisch und versaut ist. Er bedeutet ihr, dass sie sich auf alle viere begeben soll, damit er seinen harten Schwanz in ihren Arsch rammen kann. Sie liebt es, wenn er sie so nimmt und stöhnt schon lustvoll auf, bevor er in sie eindringt, weil sie weiß, nun kommt ein harter geiler Fick von ihm. Er vögelt ihren heißen Arsch so heftig, dass er nach kurzer Zeit heftig in sie abspritzt. Wie sie das liebt und nun darf sie seinen schönen Schwanz sauber lecken, bis er sich für kurze Zeit ausruht. Zufrieden legt sie sich wieder zu ihm und genießt das Gefühl von geilem Sex und seiner Nähe. Als sie so auf dem Bett liegen und sich ein wenig ausruhen, bemerkt sie kleine Fenster, die auf der eine Seite des Raums angebracht sind, und Schatten, die sich dahinter bewegen. Aha, denkt sie, wir wurden also beobachtet. Auch gut, sollen doch die anderen sehen, was für einen geilen und gut bestückten Hengst sie hat. Was kommt wohl noch auf uns zu und was für Räume erwarten uns noch …

Geschichte Nr. 46

Nach der schönen Kuschelstunde verlassen sie den Raum und begeben sich nun nach oben. Sie durchqueren die Eingangshalle und nehmen die breite Treppe in den ersten Stock. Kaum haben sie das Ende der Treppe erreicht, werden sie von hinten gepackt und getrennt. Sie sieht gerade noch, wie er in ein Zimmer links von ihr gebracht wird, während sie in ein Zimmer direkt daneben gestoßen wird. In dem Zimmer ist es stockdunkel und sie bleibt abrupt stehen. Sie versucht etwas zu sehen, was ihr aber nicht gelingt. Plötzlich merkt sie, dass sie berührt wird – und es ist nicht nur eine Hand ... Die Hände streicheln sie überall und tasten sie ab. Zuerst ist sie etwas erschrocken, aber sich so nur auf das Gefühl zu konzentrieren und niemanden zu sehen, lässt bei ihr den Saft in der Grotte gleich wieder fließen. Sie wird abgetastet und ihre Titten werden sanft geknetet, was sie so sehr liebt, und ihre Geilheit wieder entfacht. Mutige Finger erkunden ihre nasse Spalte und stoßen hin und wieder in ihre Lustgrotte. Wie elektrisiert genießt sie diese Berührungen und ihre Lust steigert sich immer mehr. Was gäbe sie jetzt darum, wenn er da wäre und sie nun so richtig durchvögeln würde ... Wo ist er überhaupt?, fragt sie sich und was geschieht mit ihm? Als hätten die unbekannten Hände gemerkt, was sie denkt, wird sie sanft in eine Richtung gedrängt, ohne dass die Hände aufhören sie zu streicheln. Ein kleines Fenster öffnet sich und sie kann in das Zimmer sehen, wo er sich befindet. Was sie sieht, gefällt ihr zuerst gar nicht. Er liegt auf einem großen breiten Bett und ist an Händen und Füßen gefesselt. Um ihn herum sind drei Frauen, die ihn genauso streicheln, wie sie hier im Dunkeln gestreichelt wird. Sie sieht seinen schönen geilen Schwanz, wie er hart und prall aufsteht und von zwei Frauen gleichzeitig massiert wird. Eine der Frauen setzt sich nun mit dem Rücken zu ihm auf seine Brust und streckt ihm ihre Möse entgegen und sie muss zuschauen, wie er genüsslich diese Möse leckt und wie es der Frau gefällt. Während sie dies alles beobachtet, wird sie immer weiter gestreichelt und hin und wieder fingert eine Hand ihre immer geiler werdende Fotze. Nun sieht sie, wie der Schwanz von ihm abwechselnd von zwei Frauen geblasen wird, während er immer noch die Lustspalte der anderen Frau leckt. Und sie muss sich eingestehen, dass es sie sehr erregt, zu sehen, wie er verwöhnt wird. Plötzlich lösen sich alle Hände von ihr und da, wo das kleine Fenster war, öffnet sich nun eine Tür und sie wird in das Zimmer, wo er liegt, gestoßen. Er liegt immer noch gefesselt auf dem Bett, nur sind alle Frauen verschwunden. Stolz ragt sein harter Knüppel nach oben. Ganz langsam bewegt sie sich auf ihn zu und setzt sich vorsichtig auf seinen Lustkolben. Zuerst bewegt sie sich nur ganz langsam, aber das ganze Vorspiel hat sie so geil gemacht, dass sie sehr rasch in einen wilden Galopp verfällt. Er genießt ihren Ritt und bettelt aber gleichzeitig, sie solle ihn losbinden. Diesen Gefallen tut sie ihm aber nicht, zu schön ist das Gefühl ihn mal zu beherrschen und die Gangart vorzugeben. Sie steigt von seinem Stab herunter und dreht sich so, dass sie nun die gleiche Position wie die Frau zuvor hat und hält ihm ihre nasse Möse vor den Mund. Sofort schnellt seine Zunge heraus und er leckt ihre Spalte wie ein Wilder, steckt seine Zunge tief in ihre Lustgrotte, sodass sie aufstöhnt. Nun will sie ihn richtig hart in sich spüren und daher bindet sie ihn von den Fesseln los, stellt sich an die Wand und er weiß genau, dass sie nun hart von hinten von ihm gevögelt werden möchte und diesen Gefallen tut er ihr nur allzu gern. Beide sind so aufgegeilt, dass sie fast gleichzeitig kommen. Sie legen sich danach ein wenig auf das große Bett, um sich zu erholen, als sie plötzlich einen Gong hören. „Was, die Zeit ist schon um?", sagt sie, „wie schnell doch drei Stunden vergehen, wenn man so einen geilen Abend erlebt." Sie küsst ihn und sagt: „Danke für das schönste, geilste und versauteste Geburtstagsgeschenk, das ich je bekommen hab." Ganz langsam machen sie sich auf den Weg zu ihrem Auto und beide wissen, dass dies nicht der letzte Besuch an diesem Ort war …

Geschichte Nr. 47

Übernachten in einer Berghütte hatte sie sich anders vorgestellt: romantisch mit Kerzen und einem guten Glas Wein. Aber nun liegt sie in ihrem Schlafsack ganz allein in dem kleinen Schlafsaal und zittert vor Angst. Draußen tobt ein heftiges Gewitter, so was hat sie noch nie erlebt. Plötzlich öffnet sich die Tür und ein Schatten bewegt sich auf sie zu. „Ist hier noch frei?", fragt eine männliche Stimme. „Natürlich, Sie können sich hinlegen, wo Sie wollen, ich bin hier die Einzige." Er packt seinen Schlafsack aus und legt sich direkt neben sie. Als er sich dann hingelegt hat, sagt er: „Ist es nicht herrlich, so ein Gewitter und wir hier im Trockenen? Ist doch schön, den Regen so durchs Dach zu hören." In diesem Moment ertönt ein Donnerknall, dass sie laut aufschreit und sich Schutz suchend an ihn klammert. „Sie haben doch wohl keine Angst?", fragt er lachend. „Ohh doch, ich mag Gewitter überhaupt nicht, darf ich ein wenig bei Ihnen liegen bleiben?" „Dann lass uns doch die beiden Schlafsäcke miteinander verbinden, dann kann ich dich besser beschützen." Gesagt, getan und schon kuschelt sie sich an seine breite Brust. Als wieder ein lauter Donner ertönt und sie zu zittern anfängt, streichelt er sanft ihre Schultern. Sie schmiegt sich wohlig näher an ihn heran, fühlt sie sich doch sehr geborgen in seinen Armen. Sie legt den Kopf in den Nacken und gibt ihm einen Kuss auf die Wange und sagt: „Danke, dass du mich beschützt, ich wüsste nicht, wie ich hätte schlafen wollen bei diesem Gewitter." Er genießt es, ihre sanfte Haut zu streicheln, und so wandert seine Hand ganz langsam den Arm entlang zu ihrer Hand. Diese liegt aber vor ihrer Brust und so kommt es, dass er auch ihren Busen berührt. Sofort stellen sich ihre Nippel auf und er merkt dies auch gleich, da sie ein sehr dünnes Shirt anhat. Auch ein leises Stöhnen kommt aus ihrem Mund und so denkt er sich: Wenn es ihr gefällt und ich sie so ablenken kann, mach ich doch weiter. In diesem Moment zieht sie ihre Hand weg und seine Hand liegt direkt auf ihren prallen Titten mit den harten Nippeln. Sanft beginnt er sie zu massieren und zu kneten und zwirbelt durch das Shirt die harten Nippel. Sie reckt ihm beide Titten entgegen und flüstert: „Mach weiter, das gefällt mir sehr", und schon ist ihre Hand auf der Suche nach seinem Schwanz. Ein wohliges Stöhnen kommt aus ihrem Mund, als sie seinen schon sehr harten Schwanz findet und ihn sofort zu massieren beginnt. Draußen tobt das Gewitter immer heftiger und ein Donner folgt dem anderen, aber das hören die beiden nicht mehr, sie massiert seinen Riemen und er mit einer Hand ihre Titte und mit der andern Hand fingert er in der sehr nassen Grotte. Sie stöhnt und reibt seinen Schwanz immer heftiger, da sie immer geiler wird. „Warte, du kleines Luder, ich will, dass du mich noch reitest und wenn du jetzt nicht aufhörst, spritz ich dir die ganz Ladung in die Hand." Sie hört auf, ihn zu reiben und setzt sich stattdessen noch so gerne auf diesen herrlichen Knüppel. Sie beginnt einen wilden Ritt auf seinem Schwanz, der tief in ihrer Muschi ist. Ihre Titten hüpfen vor ihm auf und nieder und er hält sie mit seinen Händen fest und reibt an den Nippeln. „Ohhh, das macht mich geil, wenn du meine Titten so berührst", stöhnt sie und sofort beginnt sie ihn noch heftiger zu reiten, sodass ihr Mösensaft aus ihr rausläuft. Plötzlich hebt er sie hoch und legt sie auf den Rücken, spreizt ihre Beine weit auseinander und sagt heiser zu ihr: „Jetzt spießt mein Speer dich auf, du geiles Luder", und schon versenkt er seinen Stab tief in ihrer nassen Grotte. Er stößt sie heftig und tief und es dauert nicht lange, bis er plötzlich seinen Schwanz herauszieht und seinen Saft über sie spritzt. Sein Sack war so voll, dass er sein heißes Sperma von ihrer Muschi über ihren Bauch, ihre geilen Titten bis zum Kinn verteilt hat. „Wow, was für ein Fick war das", sagt er und sie lacht: „Ja und das Gewitter ist auch vorbei und ich hab nichts mehr mitbekommen. Ich denke, ab jetzt möchte ich bei Gewitter immer gevögelt werden, das macht Spaß …"

Geschichte Nr. 48

„Vielen Dank für deine Einladung, aber es wäre nicht nötig gewesen, ich hab dir doch gerne geholfen, damit dein Date auch ein tolles Abendessen bekommt", sagt sie schmunzelnd zu ihm. „Übrigens, wie war es denn, hast du gepunktet bei deiner Angebeteten?" „Es war ein schöner Abend, auch mit geilem Sex, aber seitdem hat sie sich nicht mehr gemeldet, keine Ahnung warum, aber das ist jetzt egal, lass uns den guten Wein genießen und einfach ein wenig plaudern."

„Dein Balkon ist etwas größer als meiner", sagt sie zu ihm, während er den Wein einschenkt. „Stört es dich, wenn ich mir eine Zigarre anzünde, ich rauche lieber hier draußen als in der Wohnung und vor allem rauche ich gerne in Gesellschaft und die ist heute sehr attraktiv." „Oh, danke dir", entgegnet sie, das Kompliment kann ich nur zurückgeben." Sie unterhalten sich und merken, dass sie vieles gemeinsam haben. „Darf ich kurz deine Toilette benutzen?", fragt sie nach einer Weile. „Natürlich, du weißt ja, wo sie ist." Als sie zurückkommt meint er, ein leichtes Schmunzeln in ihrem Gesicht zu erkennen. Sie unterhalten sich weiter, bis sie so nebenbei erwähnt, dass der Geruch einer Zigarre sie sehr erregt und während sie das sagt, spreizt sie ihre Beine, sodass er sieht, dass sie kein Höschen unter ihrem engen kurzen Kleid trägt. Fast fällt ihm die Zigarre aus der Hand. Da beginnt sie wie selbstverständlich mit ihrer Spalte zu spielen. Langsam fährt sie mit ihrem Finger durch ihre Grotte und er sieht, dass diese schon ziemlich feucht ist. Sofort regt sich in seiner Hose sein Schwanz. „Ich glaube, da will jemand raus", raunt sie ihm zu, erhebt sich und beginnt sofort seine Hose zu öffnen. Er genießt dieses Gefühl und seine Hand sucht sich den Weg unter ihr Kleid und erkundet, während seine Hose geöffnet wird, ihre nasse Spalte. Sie hat nun seinen harten Riemen befreit und sie massiert dieses Prachtexemplar zuerst mit ihren Fingern, bis sie plötzlich unter Stöhnen ihren gierigen Mund über diesen herrlichen Schwanz stülpt. Nun stöhnt er, da sein Riemen geil gelutscht und gesaugt wird. Er genießt diese Behandlung, während er immer noch ihre nasse Möse massiert und fingert. „Du weißt, eine Zigarre muss feucht sein an dem Ende, an dem ich ziehe, darf ich mal kurz meine Zigarre anfeuchten?" „Ja sicher doch, mach nur", entgegnet sie. „Dann stell dich mal kurz hin, du kleine Schlampe", und schon stößt er seine Zigarre tief in das nasse Loch. „Was für ein versautes Gefühl ist das denn", sagt sie zu ihm. Er nimmt die angefeuchtete Zigarre genüsslich in den Mund und raucht sie weiter. „Komm, setz dich zu mir", sagt er zu ihr, „am liebsten hier auf meinen harten Freund." Das lässt sie sich nicht zweimal sagen und schon sitzt sie auf seinem Schoß. Sie schaut ihm tief in die Augen, während sie langsam seinen Schwanz reitet. Er legt die Zigarre zur Seite und zieht ihr das Kleid über den Kopf, damit er ihre vollen Titten massieren kann. Er öffnet auch ihren BH und sofort saugt er an ihren harten, geilen Nippeln. Das macht sie noch geiler und ihr Ritt auf seinem Schwanz wird immer schneller. Er stöhnt und genießt diesen wilden Ritt, bis er sie plötzlich anhebt und sie in die Knie drückt. „Da, du kleine Sexschlampe, nimm meine Belohnung und schon spritzt er ihr seine volle heiße Ladung in ihren geöffneten Mund." Nach einer Weile meint er: „Ich denke, das nächste Mal kochen wir zusammen für uns, bevor ich dann zur Verdauung eine Zigarre genießen möchte …"

Geschichte Nr. 49

Wänn ich Morn nöd müesst schaffe, dänn würd ich mir am Morge mini ganz Muschi rasiere, min Arsch schön suber mache und dänn mich uf dä Weg nach Volki mache. Han dasmal mies Bikini derbi und na es zweits Outfit für zum Wächsle. Vor em flip träffet mir eus, obwohl ich so gern mal wieder bi dir im Auto wet mitfahre und während dä fahrt scho mal chli din geile schöne Schwanz chli begrüße. Mir ziehnd eus um und gönd uf Terrasse ufe und legget eus uf zwei freie Liegestüehl. Am Afang gnüsset mir sunne uf eusere hut und scho gli isch aber mini Hand uf dinere Badhose und massiert dur dä Stoff din herrliche Schwanz. Ich liebs wänn er i minere Hand afangt zwachse und da er kei Platz meh i dä Hose hät nimm ich ihn use und fang en a zlutsche und chli a ihm zchnabbere. Ich weiß du häsch es gern wänn ich mit dä Zunge nur chli fin über dini Eichle fahr und ich liebs wänn er derbi afangt zucke und na herter wird. Dänn drucksch du mich zrugg uf dä Liegestuehl und schiebsch mir s'hösli uf d'site und dänn fahrt dini heiß Zunge dur mini nass Spalte und läcksch sie so geil wies letztmal im flip. Mir händ natürlich scho wieder es paar Zueschauer wo sich bi dem Ablick ihre Schwänzli wichset. Mit dä zit isch es zimli heiß und mir gönd zäme under Duschi zum eus chli abzchüehle. Ich weiß du findsch es geil mich i dä schaukle zläcke und hin und wieder mal din Schwanz i mis Fickloch zstecke, also gömer nach em Dusche abe damit du das mit mir mache chasch. Und natürlich folget eus die Wichser um zuezluege was du mit mir triebsch. Ich hans ss'letzmal es ganz speziell gfunde wo ich dich as chrüz bunde han und ich din herte große schöne Schwanz glutscht han und du mich dänn ufegnoh häsch mich umdreht und mir din Schwanz zwüschet bei gschobe häsch. Und ich glaub eusi Wichser händ das au geil gfunde wos händ dörfe zueluege. Und ab jetzt seisch du mir was du derna wetsch mache.

Du weisch du bisch so en geile, versaute, wunderschöne und begehrenswerte ma für mich, ich liebe dich.

Geschichte Nr. 50

Warum muss immer ich diese Kontrollen zum Jahresende durchführen. Jedes Jahr eine andere Filiale und ohne Voranmeldung, aber bei dieser weiß ich wenigstens, dass niemand mehr anwesend sein wird und ich so schauen kann, ob alle ihre Plätze so verlassen haben, wie sie sollten und keine wichtigen Dokumente mehr herumliegen.

Ja, dann lass es mich beginnen, denkt sie, als sie aus dem Fahrstuhl steigt und sich ins erste Büro begibt. Aber was ist das? Hab ich da was gehört?, fragt sie sich. Vorsichtig geht sie in die Richtung, aus der sie das Geräusch gehört hat, und schaut in das Büro hinein. Zuerst erschrickt sie ein wenig, da anscheinend einer der Mitarbeiter immer noch hier ist, anderseits muss sie schmunzeln, denn er nimmt wohl an, dass er ganz alleine ist und hat es sich ein wenig bequem gemacht. Lässig sitzt er in seinem Stuhl, das Hemd ganz offen und in der einen Hand hat er ein Glas mit wohl etwas Alkoholischem und in der anderen qualmt eine dicke Zigarre. Wenn er wüsste, dass sie der Geruch einer Zigarre ganz heiß macht. Sie räuspert sich und er fährt erschrocken hoch und wirkt für einen Moment ertappt, fängt sich aber schnell und fragt sehr forsch: „Wer sind Sie denn?"

Ah, ein Mann der gewohnt ist zu befehlen, er gefällt mir immer, besser denkt sie sich. Sie antwortet brav: „Ich bin von der internen Abteilung und muss hier überprüfen, ob alle Arbeitsplätze korrekt verlassen und wichtige Dokument weggeschlossen sind."

„Soso, also ein kleiner Spitzel, der sich hier heimlich herumtreibt", entgegnet er, „und ohne dass wir das wissen. Aber ein Spitzel, der sehr sexy ist und sich nicht ganz so kleidet, wie es sich für unser Unternehmen gehört." Da hat er recht, denkt sie, das Gute an dem Job ist, dass ich mich kleiden darf, wie ich es will. Und sie trägt nun mal gerne kurze Kleider, die ihre Figur betonen und High Heels. Sie hätte auch nie gedacht, dass sie mal so einem attraktiven Mann auf ihren Kontrollgängen begegnen würde.

Frech kontert sie: „Gastfreundlich sind Sie aber nicht, Sie könnten mir wenigstens auch etwas anbieten, denn ich bin genauso erschrocken wie Sie und ich brauch was, um mich zu beruhigen."

„Aber gerne doch, halten Sie doch bitte kurz meine Zigarre, bis ich Ihnen etwas eingeschenkt hab."

Er dreht sich um und geht zu einem Schrank, wo er ein neues Glas herausholt. In der Zwischenzeit setzt sie sich auf seinen Stuhl und ihr Kleid rutscht nach oben, sodass, würde er sich jetzt umdrehen, er sehen könnte, dass in ihrem Slip eine gewisse Nässe sichtbar wird. Ich wusste es, denkt sie sich, Zigarrenrauch macht mich geil und der Mann da drüben ist Sex pur, den will ich und schon schiebt sie mit der Zigarre ihr Höschen zur Seite und beginnt damit, sich diese durch ihre schon sehr nasse Spalte zu ziehen. In diesem Moment dreht er sich um und traut seinen Augen nicht. Was für ein Luder haben die da zu uns geschickt?, denkt er sich und kann nicht genug davon bekommen, was er da sieht. Spontan sagt er: „Das find ich sehr zuvorkommend von Ihnen, dass Sie meine Zigarre befeuchten, es raucht sich einfach angenehmer, lassen Sie mich doch mal kosten." Er nimmt ihr die Zigarre ab und gibt ihr dafür das Glas in die Hand. Genussvoll zieht er an ihr und meint: „Sehr geschmackvolles Aroma, das Sie da haben, da muss ich gleich mal weiterkosten." Und schon kniet er zwischen ihren Schenkeln und beginnt sie zu lecken. Erst durch das Höschen hindurch, wo er ihre Nässe schon spüren kann, dann schiebt er es zur Seite und erkundet mit seiner flinken Zunge ihre Spalte.

„Ohhh, ja, ja ja!", stöhnt sie und spreizt ihre Beine so, dass er noch besser ihr Paradies erkunden kann. Er saugt und leckt an ihr, sodass ihre Säfte noch mehr fließen, und dann steckt er ihr ganz unverhofft seine Finger in ihre Muschi und fingert sie heftig zu einem Orgasmus. „So, die Dame", sagt er nun zu ihr, „meine Inspektion hab ich schon mal ein wenig abgeschlossen, ich denke, nun bist du an der Reihe." Und während er das sagt, öffnet er seine Hose und ein herrlich harter Schwanz springt hervor. „Bitte sehr, ich bin bereit für Ihre Inspektion." Ganz behutsam beginnt sie nun seinen harten Riemen zu kosten. Zuerst fährt sie mit der Zunge ganz sanft über seine Eichel und massiert dabei seine sehr prallen Eier, dann umfährt ihre Zunge seine ganze Eichel und hin und wieder nimmt sie diese sanft in den Mund. Sein Schwanz zuckt und wird noch härter bei diesem Spiel von ihr und er kann nicht anders, als ihr den ganz Stab tief in den Rachen zu schieben. „So. du Kontrolleurin, hier ist alles, was du kontrollieren kannst, nimm es dir." Sie würgt ein wenig, aber es gefällt ihr, wie er sie so nimmt und ihr nun in ihren Mund fickt. Dann hebt er sie hoch, setzt sie auf seine Tischplatte und rammt ihr seinen harten Knüppel tief in ihre nasse Grotte, er stößt sie hart und tief, genau so, wie sie es mag. Und es dauert nicht lange und er explodiert in ihr und sein schöner heißer Saft fließt aus ihrer Muschi und läuft bis auf die Tischplatte.

„Ja, da muss ich wohl Meldung machen, mein Herr", meint sie keck, „dass Ihr Arbeitsplatz nicht sauber verlassen wurde. Aber zuerst trinken wir noch etwas zusammen und ich denke, Sie könnten mir noch die restlichen Büroräume zeigen, mal schauen, ob da auch solche Flecken zu finden sind wie in Ihrem …"

Geschichte Nr. 51

Wie fast immer muss er nach Feierabend noch anderen Verpflichtungen nachkommen, sei es Kunden zu treffen oder wie heute noch diese Präsentation anzuschauen.

Der Saal ist ziemlich voll und sie sticht ihm gleich ins Auge, da fast nur Männer anwesend sind und sie mit ihren langen dunklen Haaren in ihrem roten Kleid wie ein Farbtupfer wirkt. Verstohlen beobachtet er sie immer wieder und versucht unauffällig in ihre Nähe zu kommen. Nach endlosen fünf Minuten, wie er es empfand, stand er dann vor ihr und reichte ihr ein frisches Glas Prosecco. „Ich dachte, Sie hätten gerne eine kleine Erfrischung in diesem eher warmen Raum." Sie lächelt ihn an und nimmt dankbar das Glas zur Hand. „Ja, dann zum Wohl auf meinen edlen Spender", sagt sie und leert das Glas fast in einem Zug. „Wow, Sie haben wohl Durst", meint er schmunzelnd. „Nicht unbedingt, aber es macht diesen Anlass ein wenig angenehmer", meint sie lachend.

„Wollen Sie ein wenig an die frische Luft? Ich denke, uns vermisst nicht gleich jemand", und schon lenkt er sie zum Ausgang hin. Draußen ist es angenehm kühl, im Gegensatz zu dem heißen Raum und sie finden eine Bank ganz in der Nähe des Gebäudes. „Ich bin dieser vielen Verpflichtungen nach der Arbeit ein wenig überdrüssig", meint sie und legt wie selbstverständlich ihre Hand auf sein Knie. „Ja, manchmal geht es mir auch so, gehört aber halt zum Job", antwortet er ihr und schaut ihr direkt in die Augen.

„Küss mich!", sagt sie zu ihm und schon nähert sich ihr Mund seinem. Als sie sich küssen, wandert ihre Hand Richtung Schritt und beginnt den schon pochenden Schwanz zu massieren. „Ich denke, was ich da so fühle, gefällt mir in natura sicher auch." Und schon öffnet sie gekonnt den Reißverschluss an seiner Hose und massiert sogleich seinen Stab zu seiner vollen Pracht. „Ich denke, wenn du mich so erkundest, darf ich das sicher auch bei dir", sagt er und seine Hand verschwindet sofort unter ihrem Kleid. Es verwundert ihn nicht, als er merkt, dass sie kein Höschen trägt, dafür ihre Beine schon schön gespreizt hat, damit er ihre nasse Grotte erkunden kann.

„Bist du mit deinem Auto hier?", fragt sie. „Dann lass uns dahin gehen, ich will jetzt nämlich deinen harten Lümmel lutschen und saugen und ihn dann reiten und hier auf der Bank ist es doch ein wenig zu öffentlich." Zum Glück hat er sein Auto etwas abseits abgestellt und so kann sie ihr Versprechen wahr machen, sobald sie im Auto sitzen. Sie lutscht an seinem harten Schwanz wie keine zuvor. Sie nimmt ihn tief in ihren Mund und krault dabei seine prallen Eier. Währenddessen fingert er in ihrer nassen Muschi und streicht dann wieder ganz langsam durch ihre Spalte, bis er merkt, dass noch mehr Saft aus ihr fließt und er wieder seine Finger tief in sie stößt. „Mach deine Rückenlehne zurück, ich will dich reiten." Und kaum hat er den Sitz eingestellt, sitzt sie auch schon auf seinem Lustkolben und reitet ihn hingebungsvoll, bis sie merkt, dass er kurz vor dem Abspritzen ist. Da steigt sie von ihm runter und nimmt seinen harten geilen Schwanz in den Mund und bläst ihn, bis er seine ganze Ladung tief in ihren Rachen spritzt. „Was für eine tolle Präsentation", meint sie augenzwinkernd zu ihm, „wäre schön, wir könnten das mal privater fortsetzen", sagt sie und steckt ihm, bevor sie das Auto verlässt, ihre Visitenkarte in seine Hemdtasche …

GESCHICHTE NR. 52

Wieder einmal mit Freunden den Nationalfeiertag feiern; das wird sicher schön und daher zieht sie sich heute bei dem heißen Wetter ein luftiges, kurzes Kleid an, da der Wetterbericht warmes, angenehmes Wetter vorhersagt.

Alle sitzen gemütlich im Garten und plaudern angeregt miteinander, als es nochmals an der Tür klingelt. Dass er auch bei diesem Fest anwesend sein wird, wusste sie nicht und erschrak zuerst und wurde gleichzeitig sehr nervös. Sie hatte ihn schon sehr lange nicht mehr gesehen und er sieht immer noch umwerfend gut aus. Anscheinend wusste auch er nicht, dass sie hier sein würde, da auch er etwas erschrocken wirkt und verstohlen immer wieder zu ihr herübersieht. Das Fest ist gemütlich, das Essen fein und es wird viel gelacht und gequatscht. Kurz bevor die verschiedenen Feuerwerke den Himmel erhellen werden, ruft einer: „He, das Bier ist alle, wer holt uns Nachschub?"

Da steht er sofort auf und sagt: „Lass mich das machen, ich bin ja auch zu spät gekommen und die nächste Tankstelle ist nicht weit entfernt." „Du hast aber doch auch schon einiges getrunken", sagt sie und erklärt: „Da ich die Einzige bin, die noch keinen Alkohol getrunken hat, werde ich fahren und du kannst ja als Träger mitkommen."

Ihn so nah neben sich zu haben macht sie ganz nervös und in ihrer Muschi beginnt es verdächtig zu kribbeln. Sie merkt, dass er sie die ganze Zeit von der Seite ansieht und plötzlich sagt er: „Es tut mir leid, dass ich mich nie mehr bei dir gemeldet hab. Ich hatte so ein schlechtes Gewissen und wusste nicht, ob du mir böse bist." „Ich bin nicht böse auf dich, nur enttäuscht, dass du gelogen hast. Wärst du ehrlich gewesen, wär vielleicht alles ganz anders gekommen." Statt zu antworten legt er seine Hand auf ihr Knie und beginnt ganz langsam

Richtung kribbelnde Muschi zu fahren. Dabei sagt er: „Ich hab dich vermisst."

Allein seine Berührung lässt in ihr alle Säfte fließen und aus dem Kribbeln wird blitzschnell Nässe, geile Nässe. Es war schon immer so, er brauchte sie nur zu berühren und die Geilheit stieg in ihr hoch. Da sie weiß, was er liebt, öffnet sie bereitwillig die Beine ein wenig, sodass seine Finger nun ganz leicht an die nasse Möse herankommen. Sanft massiert er ihre Spalte. „Du bist ja immer noch so ein geiles Luder", sagt er zu ihr. Sie beginnt zu stöhnen und legt kurz den Kopf in den Nacken. „Lass uns da in dieses Nebensträßchen fahren und anhalten, ich kann nicht fahren, wenn du mich so bearbeitest."

Sie halten in einer kleinen Straße, die unbewohnt ist. Kaum hat sie den Motor abgestellt, macht er mit seiner Massage weiter, während ihre Hand nun seinen Schwanz sucht, der schon sehr hart und bereit in der Hose auf sie wartet. Sie holt seinen prächtigen Schwanz heraus und massiert ihn. Beide geben sich der Lust hin. „Ich will dich schmecken, du geiles Luder", sagt er und öffnet seine Tür, geht ums Auto herum und öffnet ihre Seite, holt ihre Beine heraus und spreizt sie ganz weit, sodass nun ihre nasse Grotte vor ihm liegt. Schnell zieht er ihr das zur Seite geschobene Höschen aus und beginnt ihre Säfte zu lecken und fingert immer wieder ihr Loch. „Du schmeckst immer noch so geil, wie ich dich in Erinnerung hab", sagt er, als er kurz zwischen ihren Beinen hochschaut und sieht, wie geil seine Behandlung sie gemacht hat. Nachdem er sie weiter mit seiner Zunge beglückt, will nun auch sie ihn spüren. „Lass uns mal die Plätze tauschen", sagt sie. „Nur zu gerne", meint er, während er sich seiner Hose entledigt und sich dann ins Auto setzt. Nun verschwindet sie zwischen seinen Beinen und lutscht und saugt an seinem Schwanz, wie er es schon lange nicht mehr bekommen hat. Genüsslich schmatzt sie, wenn sie seinen Knüppel mal freigibt, und i massiert dabei seine prall gefüllten Eier. „Da wartet wohl eine schöne Ladung auf mich", sagt sie zu ihm und zwinkert ihm schelmisch zu. „Und nun will ich dich spüren, du geiler Hengst", sagt sie, dreht sich um und setzt sich auf seinen harten

Schwanz. Sie bewegt sich zuerst ganz langsam, um ihn ganz fest in sich zu spüren und spielt dabei mit ihrer Muschi. „Du versautes Ding", sagt er, „du weißt genau, dass mich das wild macht und ich dich nun hart durchficken muss." Er packt sie an den Haaren, zieht sie von sich hoch, stellt sie ans Auto und dringt sofort tief in ihre nasse Muschi ein. Bei jedem harten Stoß hebt er sie ein wenig an, denn er weiß, dass sie darauf steht.

Als er merkt, dass er gleich abspritzt, zieht er sich aus ihr raus, dreht sie um und drückt sie in die Knie. „Und nun mach schön den Mund auf, du bekommst nun deinen Lohn." Und schon spritzt er ihr seine ganze Ladung in ihren weit geöffneten Mund. Genussvoll schluckt sie das Sperma und meint: „Du schmeckst auch immer noch so gut."

Nachdem sie sich ein wenig erholt haben und ihre Kleider auch wieder am richtigen Ort sind, meint er: „Dann lass uns mal Bier kaufen gehen. Und ich denke, ich brauch heute ganz bestimmt noch jemanden, der mich nach Hause fährt und ich weiß auch schon wer …"

GESCHICHTE NR. 53

Wieso klingelt er heute? Er weiß doch, dass er einfach reinkommen kann, wenn sie auf ihn wartet. Hoffentlich gefällt ihm das neue Dessous, das sie sich für heute ausgesucht hat. Sie liebt es, mit ihm Rollenspiele zu spielen. Als sie die Tür öffnet, erschrickt sie, er ist heute nicht alleine, er hat einen Mann als Begleitung dabei. „Darf ich dir meinen Kumpel vorstellen, er kam überraschend heute bei mir vorbei und da dachte ich mir, ich nehm ihn kurz mit zu dir, bevor wir ein Haus weiterziehen."

Etwas sehr überrascht bittet sie die beiden herein und ist sich der Situation mehr als bewusst, dass sie ausgerechnet heute dieses Dienstmädchenkostüm anhat. Also, denkt sie, dann spiel ich doch mal dieses Spiel.

Sie bittet die Herren höflich, es sich auf dem Sofa gemütlich zu machen und was die Herren zu trinken wünschen. Sie holt die gewünschten Getränke und stellt eine Schüssel mit Knabbereien so auf den Salontisch ab, dass man, als sie sich nach vorne bückt, auf das knappe schwarze Höschen sieht, das sie unter diesem Kostüm trägt. „Wenn die Herren sonst keine Wünsche haben, dann mach ich mal mit der Hausarbeit weiter." Sie holt einen Staubwedel und beginnt damit das Bücherregal abzustauben. Gezielt stellt sie sich in ihren High Heels noch zusätzlich auf die Zehen, damit das Kleid weiter nach oben rutscht, sodass es nur noch knapp ihre Pobacken bedeckt. Sie merkt natürlich, dass die Männer ihr genau zusehen, obwohl sie so tun, als würden sie ein intensives Gespräch über Fußball führen. Danach muss sie natürlich auch noch ganz unten das Regal abstauben und sie dabei stellt sie sich vor das Regal und bückt sich, ohne dass sie in die Knie geht. Nun sehen die beiden Männer ganz sicher ihre nur spärlich bekleidete Muschi, wo es schon verdächtig nass schimmert.

„Kannst du uns noch nachschenken?", fragt er. „Aber natürlich, Monsieur." Als sie die Gläser auffüllt, packt er sie und setzt sie neben sich und seinen Freund aufs Sofa. Er nimmt sie in den Arm und beginnt ihre Titten zu kneten, so wie sie es so gerne mag. Da merkt sie, dass sein Freund mit seinen Fingern ihr Höschen streichelt und mit einem Finger langsam durch ihre nasse Spalte fährt. Wow, was für ein geiles Gefühl, denkt sie sich, von zwei Männern befingert und geil zu werden. Aber sie spielt ihre Rolle weiter und sagt: „Ohh Monsieur, was machen Sie da? Ich bin ein braves Mädchen." „Psst, psst", sagt er, „ma petite, Sie müssen keine Angst haben, machen Sie einfach, was wir wollen, und wir sind mehr als zufrieden …"

Sein Freund hat unterdessen schon seine Hose geöffnet und seinen harten Riemen aus der Hose geholt. „Blas ihm eins", sagt ihr Freund zu ihr. „Jawohl, was immer der Herr von mir verlangt", sagt sie zu ihm und schon stülpt sie ihren Mund über seinen harten Schwanz und saugt und lutscht an ihm. Ihr Freund zieht sich unterdessen ganz aus. er stellt sich hinter sie, schiebt ihr Höschen zur Seite und stößt seinen Riemen hart und tief in ihre bereite Muschi. Er weiß, was sie mag und da er sieht, wie sie einen anderen Schwanz bläst, statt seinen, stößt er sie umso heftiger, um ihr zu zeigen, dass sie ihm gehört. Sie genießt diese Behandlung von ihm sehr, mag sie es doch, wenn er ihr zeigt, dass er Macht über sie hat.

„Komm, du Schlampe, nun will ich, dass du uns beide leckst." Alle entledigen sich ihrer Kleider und dann stellen sich beide Männer vor sie, ganz langsam geht sie in die Knie und leckt erst einmal bei beiden sanft über die Eicheln, während sie bei beiden die Eier sanft massiert. Dann leckt und lutscht sie abwechselnd die harten Knüppel der Männer.

„Nun komm, du kleine Hure, und zeig uns deine Löcher, die wollen doch auch gefickt werden." Er legt sich auf den Rücken und sie besteigt ihren Herrn noch so gerne, dann kniet sein Freund sich hinter sie und schiebt seinen Schwanz in ihren Arsch. So etwas Geiles hat sie noch nie erlebt. So ausgefüllt zu werden, einfach nur geil. Sie wird von beiden verwöhnt und sie genießt dieses Gefühl.

Die beiden Männer wechseln sich ab und vögeln sie hingebungsvoll, mal zärtlich, mal sehr hart und fordernd. Mal bläst sie dem einen seinen harten Schwanz, während der andere sie durchfickt oder beide wieder ihren Arsch und Muschi ausfüllen.

„So, und nun leg dich hin", sagt ihr Freund zu ihr. Beide Männer stellen sich über sie und wichsen ihre harten versauten Schwänze bis sie ihren heißen Saft über sie spritzen. Was für eine versaute Art, so was zu beenden, denkt sie, das will ich bald wieder …

Geschichte Nr. 54

D'yogastund isch verbi und sie weiß jetzt was chunt. Jedi wuche freut sie sich uf dä Tag will er soviel abwächslig i ihres Läbe bringt. Sie isch sust nöd so aber vo dä erste Yogastund a hät sie sich zu ihri hizoge gfühlt und nach dä vierte Lektion sind sie sich so nöch cho wie sie sich das nie hät chöne vorstelle. Dass Sex mite ere Frau so schön und sinnlich chan si und denoch geil het sie nie dänkt. Ihri Yogalehrerin wartet scho under dä duschi uf sie. Sie seift sich mit ganz langsame bewegige i, lassiert ihre üppige Titte und fahrt dänn mit dä Hand wüschet ihri Bei. Sie stöhnt und luegt ihre derbi tüf id Auge. Sofort hät sie sich entchleidet und gaht uf sie zue. Sie staht hinder sie und fangt a ihre d'titte zmassiere. I dem Moment staht plötzlich en ma vor ihne i dä Duschi. Er hät en Werkzügkoffer i dä Hand und meint: „Ich söll da schinbar en Duschi flicke." Er chan aber d'auge nöd vo dene beide Frau lah und schnäll zeigt sich en büle i sinere Hose. Die beide Frau lueget sich a und verstönd sich ohni Wort. Langsam gönds uf dä Handwerker zue. Die ein fangt a sis T-Shirt über sin Chopf zieh die ander öffnet sini Hose. Sofort springt ihre en herrliche schöne herte Schwanz entgäge, wo sie au sofort mit ihrem Mul umschlüsset. Dä Handerker hät sgfühl, er seg im Himmel glandet, zwei heißi Fraue, beidi nackt und beis spielet a ihm ume. Edamits für all bequemer wird wächslet sie is Yogastudio wo all mattene na uf em Bode ligget. Jetzt gahts richtig los, eine blast sin Stängel dä andere läckt er Fotze, mal fickt er eini vo hinne und sie wo gfickt wird läckt dä andere ihri Spalte. So gaht das es ganzes zitli bis sich all ustobet und vergnüegt händ und wo er merkt, dass er chunt setzet sich beid brav vor ihn und er verteil sin herrliche Saft i beid müler.

Er dänkt sich so ich wird nur na ufträg anäh wo mer duschene flicke sött ...

Geschichte Nr. 55

Zum Glück gibt es Bars in den Hotels, denkt sie sich, als sie so vor ihrem Glas Weißwein sitzt. Da sie viel auf Geschäftsreisen ist, ist dies wenigstens eine Beschäftigung, die sie in jedem Hotel genießen kann. Nach einem langen anstrengenden Tag noch kurz ein Glas Wein trinken, bevor sie ins Bett gehen will.

Sie merkt nicht, dass sie schon eine Zeit lang von einem großen, eleganten Mann, der in der Ecke der Bar in einer kleinen Nische sitzt, beobachtet wird. Der Barkeeper stellt ihr ein neues Glas Weißwein hin und sagt mit einem Augenzwinkern: „Von dem Mann in der Nische dort drüben." Sie hebt den Kopf, um sich höflich zu bedanken. Was sie sieht, gefällt ihr ausgesprochen gut. Sie nimmt das Glas in die Hand und geht zu ihrem Spender hin. „Vielen Dank für den Drink", sagt sie und sie hält ihm ihr Glas entgegen, damit er mit ihr anstoßen kann. Beide schauen sich tief in die Augen und wie selbstverständlich setzt sie sich zu ihm. Schon bald sind sie in einem angeregten Gespräch, als sie plötzlich seinen Fuß an ihrem Bein spürt. Langsam wandert sein Fuß ihre Wade entlang, immer höher und sofort beginnt es in ihrer Spalte zu kribbeln und eine leichte Feuchtigkeit setzt ein. Verwirrt schaut sie sich um, ob das auch niemand sieht, da erst merkt sie, dass ein großes, bis fast zum Boden reichendes Tischtuch auf dem Tisch liegt. Da entspannt sie sich sofort und öffnet einladend ihre Beine, sodass sein Fuß sehr rasch an dem angestrebten Ziel angekommen ist. Geschickt massiert er mit seinen Zehen die immer nasser werdende Grotte. Er sieht in ihren Augen, wie die Lust in ihr immer größer wird und sie sich hin und wieder unbewusst auf ihre Lippen beißt. Auch er wird immer geiler und sein Glücksspender möchte mehr Platz und drückt schon sehr gegen die Hose. Und so sagt erzu ihr: „Lass uns woanders hingehen, damit ich dir die Kleider vom Leib reißen kann, ich möchte dich nackt sehen vor mir und jeden Teil deines Körpers erkunden und ich hab hier jemanden, der möchte aus der Enge der Hose und dich dann glücklich machen. Kaum sind sie in seinem Zimmer, das genau neben ihrem liegt, beginnt er sie auszuziehen. Was für herrliche feste Titten sie hat und eine Figur, unglaublich. Sanft massiert er ihre Brüste, sofort stellen sich ihre Nippel auf und strecken sich ihm entgegen. Mit der einen Hand massiert er eine Brust, während seine Zunge den Nippel der anderen leckt und saugt. Sie öffnet währenddessen seine Hose und befreit seinen Lustkolben aus der Hose. Was für ein Prachtstück er hat, denkt sie sich und massiert ihn liebevoll. Er packt sie an den Haaren, zieht ihren Kopf nach hinten und küsst sie fordernd auf den Mund. Dann drückt er sie aufs Bett und hält ihr seinen aufrechten Schwanz entgegen. Sofort nimmt sie ihn in den Mund und lutscht und saugt, so wie er noch nie gelutscht wurde. Ich glaube, mein Schwanz war noch nie so groß und hart wie jetzt, diese Frau ist so was von geil. Während sie ihn lutscht und saugt, massiert sie gekonnt seine prallen Eier und hin und wieder nimmt sie eins davon in den Mund und saugt an ihm. Da stößt er sie um, sodass sie vor ihm liegt. „So, meine Schöne, nun bist du dran." Er hält ihre Beine hoch, spreizt sie auseinander, sodass ihre nasse Grotte vor ihm liegt, dann beugt er sich über sie und leckt ihren Saft aus der Spalte. Er leckt sie dann ganz tief, steckt seine Zunge tief in ihr Loch und hin und wieder auch einen seiner Finger. Sie stöhnt vor Lust und Geilheit und das stachelt ihn an, weiterzumachen. Er ist so angetan davon, wie sie so stöhnt und ihn so antreibt, dass er sie immer intensiver fingert und plötzlich spritzt sie ihn an und quiekt vor Lust. Wow, so was hat er noch nie erlebt, wohl schon gehört, aber erlebt noch nie. Das ist so was von geil, dass er ihre Beine noch weiter auseinanderdrückt und seinen harten Riemen tief in ihre Fotze stößt. Das eben hat ihn so geil gemacht, dass er nun nur noch vögeln will, bis er abspritzt. Er vögelt sie eine Weile hart und tief von vorne in ihre Muschi, dann dreht er sie um und drückt ihr seinen Schwanz in ihr kleines Arschloch hinein. Sie stöhnt und streckt ihm ihren Po entgegen, sodass er tief ins Hintertürchen eindringen kann. Als er merkt, dass er kurz vor der Explosion ist, dreht er sie wieder um und sagt: „Öffne deinen Mund, nun bekommst du deine Belohnung." Nur allzu gern wartet sie mit offenem Mund auf ihre Belohnung. „Hmmmmmm, du schmeckst köstlich", sagt sie zu ihm, als er ihr sein heißes Sperma in den Mund und ins Gesicht gespritzt hat. Nach einer kurzen Verschnaufpause schauen sich die beiden an und er meint: „Ich denke, eine kühlende Dusche zu zweit wär jetzt angebracht, was meinst du?" Sie steht auf, nimmt ihn an der Hand und zieht ihn mit sich ins Bad …

Bewerten
Sie dieses Buch
auf unserer
Homepage!

www.novumverlag.com

Die Autorin

Erika Normac wurde als drittes von vier Kindern in Richterswil geboren. Mit 18 Jahren zog sie aus, um zu erfahren, dass es das Leben nicht immer gut mit einem meint, es aber immer einen Weg gibt, der einen weiterführt. Mit 26 Jahren heiratet sie und schenkt zwei Söhnen das Leben. Mit 42 Jahren lässt sie sich scheiden und beginnt ein neues Leben. Sie entdeckt ihre Weiblichkeit auf ganz neue Weise und lebt diese auch aus. Sie trifft die Liebe ihres Lebens und holt alles nach, was sie bisher nicht gelebt hat. Sie lernt ihre Sexualität völlig neu kennen und führt nun ein erfülltes Leben.

novum VERLAG FÜR NEUAUTOREN

Der Verlag

„ *Wer aufhört
besser zu werden,
hat aufgehört
gut zu sein!*

Basierend auf diesem Motto ist es dem novum Verlag ein Anliegen neue Manuskripte aufzuspüren, zu veröffentlichen und deren Autoren langfristig zu fördern. Mittlerweile gilt der 1997 gegründete und mehrfach prämierte Verlag als Spezialist für Neuautoren in Deutschland, Österreich und der Schweiz.

Für jedes neue Manuskript wird innerhalb weniger Wochen eine kostenfreie, unverbindliche Lektorats-Prüfung erstellt.

Weitere Informationen zum Verlag und
seinen Büchern finden Sie im Internet unter:

www.novumverlag.com